In Liebe
für Barbara, Alexandra, Kai, Timon, Nele und Isabelle

Für die Einsicht in Liebe zu handeln, muß man einen anstrengenden Weg gehen.

Die Gleichberechtigung für Männer und Frauen sucht man in der Bibel vergeblich. Kein Wunder – Gott schuf ja die Menschen nach seinem Ebenbild. Und Gott ist zweifelsfrei ein Mann.

Dietmar Dressel

Dietmar Dressel

Der Lockruf des Kuckucks

Trilogie

Teil 1

Ach ja – Männer

Fantasy Roman

Vorwort zum Roman

Das Gott aus Lehm und Wasser einen Mann schuf, kann man ja noch in einer Märchenstunde so leidlich nachvollziehen. Er schuf ihn ja nach seinem Ebenbild. Ok, Spiegel gab es ja zu dieser Zeit noch nicht, dafür genügte als Notbehelf ein Blick ins spiegelglatte Wasser. Er konnte also wissen wie er aussieht und wie Adam aussehen sollte. Dass er sich dabei nackt betrachtete könnte auch stimmen, sonst würde ja seinem noch zu schaffenden Adam möglicherweise ein wichtiger Körperteil fehlen. Damit wissen wir, Gott ist ein Mann. Denn Adam hatte so ein notwendiges Körperteil. Zugegeben, ein relativ kleines – vermutlich wurde bei der ganzen Bastelei des Adams der Lehm etwas knapp. Weiß mans?

Ach ja – so genannte Männer, ich nenne sie Halbmänner, kommen in diesen Roman natürlich auch vor – zugegeben, nicht ganz gesellschaftsfähig, aber - ich sehe das halt so.

Der Roman ist leicht ironisch, auch leicht anzüglich und an einigen Stellen nicht ganz stubenrein spannend erzählt. Und realitätsfremd ist die inhaltliche Thematik auch nicht erzählt. Es lohnt sich, diesen Roman zu lesen und Spaß soll es ja auch machen. Ich mein ja nur!!!

Bibliografische Information der Deutschen Nationalbibliothek.
Die Deutsche Nationalbibliothek verzeichnet diese Publikation in
der Deutschen Nationalbibliografie;
detaillierte bibliografische Daten sind im Internet über
http://dnb.d-nb.de abrufbar.

Copyright © 2016 Dietmar Dressel – Autor – 1. Auflage
Herstellung und Verlag: BoD - Books and Demand, Norderstedt.
Alle Rechte vorbehalten. Das Werk darf - auch teilweise, nur mit
Genehmigung des Verlages wiedergegeben werden.
Gestaltung: Alexandra Dressel und Barbara Dressel
Layout: Kai Hintzer
Printed in Germany ISBN 978-3-7392-4414-3

www.dietmardressel.de

Mehr Informationen unter
BoD Verlag
www.bod.de

Folgen Sie mir auf Twitter

Teil 1

Ach ja - Männer

Inhalt

Stell dir vor Gott wäre eine Frau
7

Der Mann Gottes und seine Rippe
16

Eine hübsche Rippe schreit nach Gerechtigkeit
34

Adam und Eva und ihre Gleichstellung in der Neuzeit
54

Männer und ihre Karnickelei
76

Männer und so genannte Männer
81

Stell dir vor Gott wäre eine Frau

Denn nicht Gott schuf den Menschen nach seinem Bilde, wie es in der Bibel steht, sondern der Mensch schuf, wie ich im »Wesen des Christentums« zeigte, Gott nach seinem Bilde.

Ludwig Feuerbach

Eine Frau macht niemals einen Mann zum Narren- sie sitzt bloß dabei und sieht zu, wie er sich selbst dazu macht.

Frank Sinatra

Bernd sitzt am geschlossenen Fenster seiner Studentenbude und schaut missmutig in den wolkenverhangenen Himmel, der sich in unanständiger Art und Weise über der Altstadt von München ein Bett zum Schlafen sucht und – so wie es aussieht, wohl auch gefunden hat. Im Stillen muss Bernd denken, dass dieses nasskalte Wetter seiner Stinklaune auch nicht auf die Sprünge zum Besseren verhelfen wird. Und morgen zum Freitag, nach drei Stunden Vorlesung auch noch mündliche Prüfung im Fach Recht. Und dann auch noch Schuldrecht – na danke und kein Bett. Sein Lieblingsthema ist das wahrlich nicht. Gott sei Dank hat sich Klaus, sein Studienfreund mit seiner Freundin Susan zum Kaffee eingeladen. Irgendwie steht er auf den Mohnkuchen seiner Freundin Susan. Wüsste wirklich nicht, was an dem Kuchen so schmackhaft oder so lecker sein sollte. Der Butterkuchen von Ivon schmeckt mir wirklich besser. Und außerdem! Meine Mutter meinte einmal zum Thema Mohnkuchen – er, also der Mohn auf dem Kuchen, würde die Dummheit fördern. Na, wer das glaubt soll ja angeblich selig werden können. Wer das nicht glauben will kommt natürlich auch in diese so genannte kosmische Welt. Sagt jedenfalls mein Vater. Außerdem meinte er, um wirklich vom Mohnkuchen dumm zu werden, müsste ich mindestens jeden Tag sechs Stück davon verputzen. Spätestens nach vier Wochen würde mir so ziemlich sicher dieser Kuchen sprichwörtlich zum Hals raushängen. Na, vorerst Schluss mit der Esserei.

Mit Klaus, überlegt Bernd, kann ich so ziemlich über alle Themen dieser Welt quasseln, ohne das es dabei für einen von uns beiden langweilig werden sollte. Und mit einem vorwurfsvollem Blick zu seiner Freundin Ivon meint er in einem schon leicht gekränktem Tonfall – könntest du bitte Klaus aus eurer sicher interessanten Diskussion zum Thema Kuchensorten für eine Weile entlassen?" „Jetzt gib halt Ruhe, Schatz. Hab schon verstanden was du mit Klaus vorhast." „Ok, danke Ivon! Ich würde nämlich gern mit Klaus über einige inhaltsreiche Sätze zum Ebenbild unseres christlichen Gottes, oder besser seiner Erfinder dieser kosmischen Figur diskutieren." „Eure Diskussionen zu geistreichen Sätzen kenne ich, mein lieber Bernd. Vor Mitternacht brauch ich euch nicht mehr ansprechen. Ok, was solls. Pizza und eine Schüssel Schokoladenpudding stehen im Kühlschrank und Bier und Saft findet ihr auf dem Balkon. Also dann ihr zwei Hübschen, bis später."

Während sich Ivon und Susan schnell in eine Jacke zwängen und in Richtung Wohnungsausgang laufen, meint Ivon noch beiläufig beim Hinausgehen – „sind bei meiner Freundin Elke und übernachten dort bei ihr." Sagt's, und beide sind Sekunden später aus dem Blickfeld der beiden Männer verschwunden.

Klaus klopft sich seine Kuchenbrösel von der Hose und setzt sich neben Bernd auf die Couch. „Also, mein lieber Bernd, was trampelt so ungestüm Wichtiges in deinem Denkzentrum herum?" „Ob es so weltentscheidend sein kann weiß ich nicht. Eigentlich möchte ich mich mit dir über die ungerechte Verteilung von persönlichen Vorteilen im gesellschaftlichen Leben zwischen Männern und Frauen in unserer heutigen Zeit unterhalten. Davor hat sich allerdings die Frage eingeschlichen – ist der christliche Gott, also einer dieser allmächtigen kosmischen Figuren irgendwo in einem fiktiven Himmelreich, eine Frau oder ein Mann? Und wenn er ein Mann sein sollte, dann wären wir als Menschen, die er ja mühsam und im Schweiße seines Angesichts aus Lehm gebastelt haben soll, sein Ebenbild. So salopp daher geholt ist so eine Frage ja nicht. Denke dabei, mal nur so als Beispiel, an die heldenhaften Götter aus der Zeit der griechischen Antike. Da gab es zweifelsfrei weibliche und männliche Götter. Übrigens - Söhne und Töchter hatten sie ebenfalls. Sollte das, so im Nachhinein betrachtet, nur ein fauler Hokuspokus gewesen sein, was uns diesbezüglich die Geschichte überlieferte - ja gut, wie glaubhaft ist dann angeblich die Existenz von christlichen Göttern und gottgleichen himmlischen Figuren? Entschuldige bitte, Klaus, fragen wird man ja wohl noch dürfen?! Und wenn ich schon beim Fragen bin. Wie hat er, also dieser christliche Gott und seine Helfershelfer bei der Schaffung der Menschen aus Lehm und seinem Atem, die Gleichberechtigung zwischen Mann und Frau verteilt? Also amtlich und rechtsverbindlich zugeordnet? Und nach wessen Ebenbild sollte das geschehen sein?

Die „Griechische Götterfamilie" und die mannigfaltigen „Ägyptischen Gottfiguren" können es nicht gewesen sein, die kamen wesentlich später auf die Erde. Entschuldige bitte Klaus, ich mein ja nur.

Am Anfang, so kann man das jedenfalls in der heiligen Schrift des Christentums nachlesen, war das „*Nichts*". Und das brauchte nicht zwingend eine Gleichberechtigung zwischen den unterschiedlichen Geschlechtern. Es gab ja zu dieser Zeit keine Unterschiede und Geschlechter, gleich welcher Art, auch nicht." „Sag mal, mein lieber Bernd, komplizierter geht's wohl nicht. Du kannst vielleicht Fragen stellen. Ok - zur Ausgangsfrage allen Geschehens. Ist Gott, welcher von den vielen Göttern ist erstmal gleich, möglicherweise eine Frau oder ein Mann? Oder ist er vielleicht ein Transvestit? Trägt er in der Weltöffentlichkeit männliche Kleidung und ist in Wirklichkeit, also unter der Wäsche, eine Frau? Wer ja auch möglich. Zu dumm, dass ihn noch kein Sterblicher gesehen hat, dann könnte man sich zu mindest die Fragerei sparen" „Du siehst das zu kompliziert, Klaus. Es stimmt schon. Betrachtet man den christlichen Gott auf Bildern, obwohl, auch das gehört zur Wahrheit, hat ja so einen Gott bis dato noch kein sterbliches Wesen zu Gesicht bekommen. Also woher kannten die Maler sein Antlitz – ich meine das des christlichen Gottes? Ok, lassen wir vorerst die Beantwortung der Frage offen und betrachten diese göttliche Figur halt so wie sie uns auf Bildern gezeigt wird. Und – so meine ich, könnte er aussehen.

Ok, ein in die Jahre gekommener älterer Herr mit langem grauen Bart, große stattliche Figur und mit markanten, geistreichen Gesichtszügen. Woher die Maler solcher unterschiedlichen göttlichen Ebenbilder das wussten, oder zu wissen glaubten bleibt mir natürlich ein Rätsel und das Geheimnis von Künstlern der Malerei."

„Entschuldige bitte, Klaus, dass ich dich unterbreche. Wieso haben eigentlich Männer vor einigen hundert Jahren immer nur Bärte, und zwar lange und buschige? Sowas trifft man heutzutage selten an." „Na Bernd – elektrische Rasierapparate gibt es erst seit kurzer Zeit. Und mit einem langen Dolch, der eigentlich zum Abmurksen gebraucht wurde, bekam man einen Bart nicht blutfrei vom Gesicht geschabt." „Stimmt, Klaus – scharfe Rasierklingen gab es damals auch nicht zu kaufen." „Eben – wieder zurück zur Frage ist Gott eine Frau oder ein Mann? Das mit den Transvestiten lassen wir mal aus der Beurteilung heraus.

Zusammenfassend würde ich meinen, Gott – also der christliche Gott, ist ein Mann. Aus der Bibel, also die heilige und dogmatische religiöse Schrift der christlichen Kirche, lässt sich, so die Wahrheit ein kleines Wörtchen mitzureden hatte, auch relativ simpel nachvollziehbar ableiten, dass Gott, also der christliche Gott, ein Mann sein muss." „Wie kommst du darauf, Klaus? Was macht dich da so sicher?" „Ok, sicher?! Das weiß ich auch nicht so genau. Möglicherweise ist meine innere Stimme dafür verantwortlich. Keine Sorge, Bernd, ich werde mich bemühen dir das zu erklären – soweit möglich!"

Eine der fundamentierten Betonsäulen christlicher Glaubensdogmen ist ein noch relativ junger Mann mit Namen Jesus. Nicht genug damit! Er soll angeblich - ich sage bewusst soll, der Sohn ihres Gottes sein. Jedenfalls behaupten das stur und steif ihre heiligen Schriften. Und lautstark wird es ebenfalls unter der Bevölkerung verbreitet.

Dieser, geradezu flehentlichen Beteuerung folgend, kann die Zeugung eines Kindes ja nur unter einer direkten oder indirekten Mitwirkung eines Mannes vollzogen werden. Also, einmal durch die von der holden Weiblichkeit gewohnten typischen zehn Sekundenritte des direkten männlichen Beischlafens, oder mit medizinischer Unterstützung eines Arztes oder einer Ärztin. Damit meine ich die so genannte künstliche Befruchtung, die es allerdings zu Zeiten der Geburt des strammen Jungen mit Namen Jesus noch nicht gab.

So weit so gut. Bliebe da noch die „unbefleckte Empfängnis" der Mutter, die letztlich zur Geburt des Knaben mit Namen Jesus führen sollte. Die Betonung liegt da wohl mehr auf „sollte". Wie das letztlich, ganz praktisch gedacht, vollzogen wurde, bleibt ein weiteres dunkles Kapitel in der Geschichte dieses Christentums. Bis in unsere heutige Zeit hat sich diesbezüglich noch kein heller Lichtstrahl in unsere Köpfe verirrt, der möglicherweise die geistige Dunkelheit etwas aufhellen könnte.

Wäre dieser christliche Gott eine Frau – also, entschuldige Bernd, dann wäre es mit der Zeugung - befleckt oder meinetwegen auch unbefleckt - mehr als schwierig geworden so einen Lausebengel für die Welt des ewigen Lebens entstehen zu lassen. Gelinde formu-

liert. Außerdem wäre dann Jesus nicht der Sohn Gottes und er persönlich sein Vater, sondern der Herrscher im Himmel wäre seine Mutter. Ich mein ja nur. Jetzt lach nicht! Die christlich katholische Kirche steckt da diesbezüglich in einem geistigen Informations- und Nachweisdilemma sondergleichen." „Versteh ich nicht, Klaus."
„Ist doch nicht so schwer zu begreifen, Bernd. Schau - die meisten gläubigen Brüder und Schwestern dieser Personalreligion leben als Analphabeten in weiten Teilen Afrikas, Südamerikas und im ostasiatischen Raum. Viele Menschen in den Ländern dieser Erdteile können noch nicht mal lesen, geschweige denn schreiben und rechnen. Ihre Allgemeinbildung und erst recht ihre Kenntnisse in den modernen Naturwissenschaften und in der Astrophysik tendieren in Richtung des Werteteilers Null. Für diese Menschen sind die teilweise skurrilen Inhalte der Bibel geradeso noch nachvollziehbar. Auch verständlich für uns Mitteleuropäer!

In den Industrieländern, mit ihren gebildeten Menschen, kann man mit solchen Bibelinhalten natürlich keinen Bürger mehr vom wärmenden Ofen der hilfreichen Erkenntnis weglocken. Für diese Männer, Frauen und natürlich auch den größeren Kindern ist das alles nur geistloses Palaver und bestenfalls für schummrige Märchenstunden geeignet – wenn überhaupt.

Die Glaubensdoktrin der christlichen Kirche und ihre vielfältigen Auslegungen stecken in der Neuzeit der menschlichen Geschichte in einem echten Dilemma bezüglich der Aufrechterhaltung ihrer Glaubhaftigkeit. Diese scheinbare Unlösbarkeit, damit meine ich diesen anmutenden antagonistischen Widerspruch, wurde in den zurückliegenden Jahrhunderten skrupellos mit Feuer, Schwert, Scheiterhaufen, Gottesurteile und nicht zu vergessen der heiligen christlich Inquisition ultimativ, sofort und wirksam *„geregelt"*.

Einerseits findet diese Glaubensgemeinschaft bei Menschen mit sehr geringem Wissensstand aufrechte Zuhörer - aber, eben die

Geldeinnahmen in solchen Ländern sind eher äußerst dürftig. Vorsichtig formuliert. Wogegen die Geldströme in den Industrieländern kräftig sprudeln. Die Menschen in solchen fortschrittlichen Ländern wenden sich allerdings zunehmend von so einem Glaubensunsinn ab. Und nicht nur weil man damit Geld sparen möchte.

Vergleichen kannst du das mit der Politik von modernen demokratischen Staaten. Die Politiker kennen den Wissensstand ihrer Bevölkerung. Klar, sie fördern ihn ja umfassend. Schon der wachsenden wirtschaftlichen und gesellschaftlichen Arbeitsteilung wegen. Die verantwortlichen Politiker kennen selbstverständlich die unterschiedlichen geistigen Anforderungsprofile der Menschen, sich gegebenenfalls der einen oder anderen politischen Ausrichtung anschließen zu wollen. Klug wie Politiker sind, schaffen sie genau aus solchen Gründen Parteien und gesellschaftliche Organisationen, die solchen unterschiedlichen Anschauungsprofilen entsprechende Inhalte und Zielsetzungen in ihren Programmen und Satzungen einräumen. Damit kann sich jeder Bürger das auswählen, wonach es ihn in seiner politischen Gesinnung gelüstet. Das ist ein wesentlicher Bestandteil der Demokratie.

Eine Personalreligion, wie die christlich katholische Kirche, kann das nicht! Ihre Glaubensdoktrien sind unantastbar und für jeden Gläubigen in aller Deutlichkeit gültig. Würden sie von Teilen dieser Glaubensdogmen abrücken, stürzt das ganze Gotteshaus wie ein Kartenhaus zusammen. Ich bitte dich, Bernd. Denke dabei nur an unsere Fragestellung – Gott wäre eine Frau. Gar nicht auszudenken, er wäre wirklich eine holde göttliche Dame.

Übrigens - in ähnlicher Weise verhält es sich bei Staaten die diktatorisch regiert werden, oder dessen Gemeinwesen auf einem Einparteiensystem aufgebaut ist. Ihre Existenz ist auf enge Zeiträume begrenzt. Auch wenn die Herrscher solcher Systeme bemüht sind mit allen Formen von Gewalt so ein Staatengebilde noch etwas am

Leben zu halten. Die Geschichte wird sie mit Haut und Haaren verschlingen. Und zu recht! Wie sollen sich Gedanken entwickeln können, wenn sie in den Köpfen eingesperrt dahinvegetieren müssen?

Politische Diktatoren und Personalreligionen, wie zum Beispiel die christlich katholische Kirche, sind in ihrem absolutistisch, tyrannisch herrschenden Verhaltensweisen und ihren eisernen dogmatischen Grundsätzen so gut wie gleich ausgerichtet.

Wie heißt es so schön – „Was nützt uns ein voller Bauch, wenn die Freiheit des Geistes Hunger leidet".

Wieder zurück zu Gott und zu der etwas verstiegenen Frage, ist er, also diese kosmische Figur, ein Mann oder eine Frau? Die Frage ob er möglicherweise ein Transvestit wäre, schieben wir mal beiseite, das wird sonst zu kompliziert.

„Ok, Klaus! Ich stell mir etwas unbefangen vor, Gott wäre, meine Betonung liegt dabei durchaus auf „wäre", eine Frau so im jugendlichen Alter. Mit einer schlanken Figur, vollbusig und einem Kopf, eingehüllt in einer dunklen, lockigen Haarmähne. Das Antlitz ist im Ausdruck nicht streng und herrisch, sondern von weichen, sinnlichen Gesichtszügen geprägt." „Entschuldige Bernd, so wie du diese Göttin beschreibst, trifft das mit einer gewissen Ähnlichkeit auf meine liebe Susan zu." „Kann sein, Klaus."

„Entschuldige bitte, Bernd, soweit ich das noch sagen möchte. So wie ich Frauen kenne, würde diese holde, gutaussehende Weiblichkeit, umgeben von liebevollen Engelein im göttlichen Himmel ständig mit mir sprechen wollen. Ich denke dabei nur an meine Freundin Susan. Sie ist auch eine Frau. Zugegeben keine göttliche, allgewaltige Herrscherfigur - Gott sei Dank - aber - eben eine Frau. Dann weißt du, Bernd, wie ich das meine. Gleich in welcher Situation ich mich mit Susan gerade aufhalte, oder in welcher Lage wir uns körperlich bewegen sollten, Susan spricht mit mir. Das ist wahrlich nicht immer lustig, Bernd, wirklich nicht! Vorallem dann nicht, wenn ich völlig außer Puste sein sollte. Wenn du verstehst, auf welche Art anstrengende körperliche Belastungen ich damit abzielen möchte." „Aber klar, Klaus! Es gibt Männer auf unserer wunderschönen Erdoberfläche, die stopfen sich, bevor sie sich zu einer Frau ins Bett einkuscheln, Oropax in beide Ohren." „Ach nein!" „Aber ja doch!

Ok Klaus, wollen wir mit dem Thema Adam und Eva wieder etwas ernster umgehen." Einverstanden Bernd."

Der Mann Gottes und seine Rippe

„Als Gott im Paradies Adam erschaffen hatte, war alles Material verbraucht. Als er dann doch noch Eva erschaffen wollte, reichte Adams Rippe doch vorn und hinten nicht ganz. So nahm er den fehlenden Rest aus dem ums Paradies herumliegenden, noch nicht aufgeräumten Chaos."

Erhard Blank

Gott muss ein Mann sein. Wäre er eine Frau, hätte er sich mit Adam mehr Mühe gegeben.

KarlHeinz Karius

Kaum sind Susan und Ivon im gemeinsamen Schlafzimmer verschwunden, wendet sich Klaus an seinen Freund Bernd und meint - „Sag mal, mein lieber Studienfreund, wie hast du das eigentlich mit der eifrigen Geschwätzigkeit der göttlichen Göttin gemeint?" „Ok Klaus, ob Gott eine Frau oder ein Mann sei, lassen wir mal unbeantwortet. So genau weiß das sowieso keiner – nicht mal sein offizieller so genannter Stellvertreter auf unseren Planeten Erde. Ob es überhaupt Götter im Himmel geben könnte, ist ja noch völlig offen. Daraus kannst du ohne gleich verzweifeln zu müssen ableiten, dass der Mensch, ob nun als Mann oder als Frau, eigentlich gar nicht existieren dürfte – tut er aber. Und wie wir täglich feststellen können, natürlich in voller Pracht und Herrlichkeit. In der heiligen Schrift der christlich katholischen Kirche wird das natürlich nicht so gern gesehen. Schließlich soll ja der alte Herr im Himmel persönlich im Schweiße seines göttlichen Angesichts die Menschen nach seinem Ebenbild und vermutlich auch nach seinen ethischen Grundsätzen erschaffen haben.

Man kann das selbstverständlich auch schriftlich nachlesen. Sollte das wirklich so zutreffend sein, wäre es mit der Moral dieses Herrn im Himmel allerdings nicht weit her. Da die scheinbaren, wissenschaftlichen Begründungen dieser so genannten Schöpfungsweisheiten die Wahrheit nicht einmal sanft streifend berührten, geschweige denn mit ihr einen gemeinsamen Weg versuchten zu gehen, ist und bleibt höchst verwunderlich. Ok, Klaus - für ein wundersames Märchen für stille Stunden reicht es allenfalls.

Soweit so gut. Der guten Ordnung halber noch ein paar Beispiele von Behauptungen, dogmatisch angehauchten Aussagen und Thesen aus der so genannten heiligen Schrift zum Thema Erschaffung des Menschen. Du kannst das ja in aller Ruhe zu Hause nachlesen, so du magst. Wörtlich ist zum Beispiel in dieser heiligen Schrift der Satz fest verankert -

„Als Gott die Welt in sieben Tagen erschaffen hatte, ließ er im Osten einen Garten anlegen, indem prächtige Bäume standen und deren Früchte gut schmeckten."

Wie und warum das ein Gott so gedankenlos vor sich hin sabbelte bleibt ebenfalls ein Rätsel. Woher sollte ein Geistwesen wissen, und der allmächtige Herr im himmlischen Himmel ist ja kein körperlicher Mensch, was Früchte sind und wie Früchte schmecken sollen oder wenigstens sollten? Also bitte!!!"

„Ist ja gut, Bernd, ich sehe deine Stirnfalten. Wir sollten das wohl nicht ganz so wörtlich nehmen." „Ok, Klaus! Dann sollten sie uns doch bitte sagen „*wie*" wir es verstehen könnten und sie sollten das „*wie*" wir es verstehen sollen auch in ihren Schriften so dokumentieren. Damit könnte ich mich so leidlich anfreunden. Was allerdings nicht bedeuten mag, dass ich dazu keine Fragen mehr habe.

Aus heutiger Erkenntnis heraus würden wir sagen – Gott erschuf den Planeten Erde in sieben Tagen. Das war fürs Erste gesehen, eine der vordringlichsten Pflichtaufgaben. Sein noch zu schaffendes Ebenbild, also diesen Adam wie er im Laufe der Geschichte genannt wurde. Diese männliche Kopie sollte ja kein kosmisches Geistwesen sein, sondern ein denkendes körperliches Lebewesen der höheren geistigen Ordnung. Gottes Streben war ja nicht danach ausgerichtet, ein denkendes geistiges Lebewesen, wie er selbst, mit seinen bloßen geistigen Händen zusammenzubasteln. Soweit geht die Geburtshilfe eines Gottes ja auch nicht. Dieses körperliche Lebewesen nach seinem Ebenbild sollte ja kein kosmisches Geistwesen sein wie das Seinige, das möglicherweise seine himmlische Heimat im Universum hätte. Zu bezweifeln wäre allerdings auch die beschriebenen Handlungen, welche Gott, also diese geistige kosmische Figur, mit seinen geistigen Händen – so er überhaupt zu dieser Zeit darüber verfügte dazu befähigten, aus Lehm, Schlamm und Wasser einen männlichen Körper mit allem Drum und Dran zu fertigen. Entschuldige, Klaus, da streikt meine Fantasy völlig."

„Ok Bernd, das ist wirklich mehr als nur witzig! Also, weiter mit dem Schöpfungsakt. Stehengeblieben waren wir bei dem prächtigen Garten mit den früchtetragenden Bäumen. Auch dazu wurde in den heiligen Schriften festgehalten -

„In der Mitte standen zwei besondere Bäume. Der Baum des Lebens, dessen Früchte Unsterblichkeit schenkten und der Baum der Erkenntnis, dessen essbare Früchte Wissen verliehen, welches für den Menschen gut und schlecht sein konnte."

„Entschuldige bitte, Klaus! Selbst wenn ich mich gedanklich in diese Zeit hineinversetze, in der solche scheinbar skurrilen Gedanken sich bemühten als ernstzunehmende Sätze, festzementiert in dogmatische Grundsätze, einen nachhaltigen Platz in der so genannten heiligen Schrift Gottes einzunehmen – entschuldige bitte Klaus, da streikt mein Geist. Selbst ein Schafhirte wusste damals durch seine tägliche Arbeit wie körperliches Leben bei seinen Schafen entsteht, wie lange es braucht und wie mühsam es wahr und noch immer ist, so ein kleines Lamm aus dem Mutterleib eines Schafes zu gebären. So völlig unwissend und praxisfremd waren doch die Menschen zu dieser Zeit nicht mehr. Mit Lehm und Gottes Händen wäre das möglicherweise alles viel schneller und unkomplizierter geschehen, aber – eben aber!"

„Was du sagst, Bernd, ist ja richtig. Nur - wer getraute sich Gottes geistiges Vermächtnis lautstark oder, so möglich, in Schriftform entschieden und konsequent in Zweifel ziehen zu wollen. Also bitte! Wohlweislich und in gewisser Hinsicht auch fürsorglich gab es ja die grausame und finstere Hölle und – auch das sollte nicht in Vergessenheit geraten, bestand bereits im zweiten und dritten Jahrhundert nach Christi im Christentum ein gewisser Konsens darüber, was die allgemeine christliche Lehre sei, was als mögliche Variante akzeptiert werden könnte und was als Glaubenslehre einer Randgruppe anzusehen sei. Wie gegebenenfalls „die Zeugen Jehovas". Sie ist eine christliche, chiliastisch ausgerichtete und nichttrinitarische Religionsgemeinschaft, die sich aktiv organisiert. Ihre innere Verfassung bezeichnen ihre Initiatoren als theokratische Organisation. Was das konkret für den Außenstehenden zu bedeuten haben könnte, kann man bestenfalls deutungsweise artikulieren und möglicherweise auch erkennen.

Entschuldige bitte diesen kleinen Exkurs, Bernd. Wieder zurück zu diesen Garten mit den begehrenswerten Früchten." „Ok, Klaus, das Thema ist mir auch deutlich sympathischer." „Dachte ich mir, Bernd. Also, in dieser geheimnisvollen Gartenanlage wurde Adam, also der stramme junge Mann, von Gott aus Lehm aus den umliegenden Ackerböden erschaffen. Wohlgemerkt! Gott erschuf keinen kleinen Jungen, sondern knetete gleich einen erwachsenen Mann.

Zum Dank dafür pflegte und schützte Adam mit fleißiger Arbeit den Garten. Natürlich auch, weil Gott es so von ihm verlangte. Versteht sich von selbst. Schließlich wurde er als Gärtner von Gott persönlich angestellt und nicht als Zuschauer zugelassen. Natürlich war dieses Angestelltenverhältnis nicht in Form einer Festanstellung gegen Entgelt vorgesehen – beileibe nicht! Gott betrachtete dieses unentgeltliche Arbeitsverhältnis mehr wie eine zeitlich befristete Vertragsbindung. Also gegebenenfalls so, wie das in der nachfolgenden Zeit der Bevölkerungsentwicklung bei ganz gewöhnlichen Lohnempfängern praktiziert wurde und immer noch wird. Gott hat zwar alles was es auf der Erde gab und so herumkroch, schwamm und flog höchst persönlich geschaffen, an das liebe Geld dachte er nicht. Vielleicht aus gutem Grund – ich weiß es nicht, Bernd.

Da Adam bei seiner Gartenarbeit verständlicherweise hie und da der Hunger arg zu plagen drohte, erlaubte ihm Gott von jedem Baum die Früchte zu essen, nur nicht vom Baum der Erkenntnis. Sollte er dennoch der Versuchung unterliegen, es gegen Gottes ausdrücklicher Anweisung zu tun, müsse er wohl oder übel sterben. Auch auf die Gefahr hin, dass Gott so einen prachtvollen Mann wie Adam wieder neu erschaffen müsste. Inwieweit ihm das nochmals gelingen sollte, war auch nicht ganz so sicher.

Ich denke, Bernd, dass Gott das Verbot zwar aussprach, allerdings in seinen Gedanken den Vollzug seiner Androhung nicht besonders ernsthaft einkalkulierte." „Sehr gut, Klaus, hätte ich nicht besser erklären können. Lass mich, wenn wir schon bei diesem Thema verweilen wollen, ein paar Worte zur *Erkenntnis* sagen und was Gott darunter zu verstehen meinte." „Ok Bernd, kein Problem, ich höre dir gern zu."

Schon für diese eigenartige Begrifflichkeit *Erkenntnis* findest du keine aussagekräftige Erläuterung. Wenn man sich allerdings unvoreingenommen und sehr behutsam mit seinen neugierigen Gedanken bemüht gedanklich in dieses Wort näher einzudringen, besteht eventuell die Möglichkeit darin einen ablaufprozessualen Fortgang sachbezogener Erkenntnisse mittels möglicher überzeugender Gewissheit und Klarheit durch prozessuale Einblicke, gepaart mit praktischen Erfahrungen, wissentlich zu gewinnen.

Die Bezeichnung für den Terminus *Erkenntnis* ist einer der Grundbegriffe aus der neuzeitlichen Philosophie. Das mag sich eventu-ell kompliziert und unverständlich anhören. Ok, Klaus, möglich ist das natürlich.

Etwas genauer betrachtet meine ich damit die kosmische Philosophie. Sie ist ein ergebnisorientiertes Resultat der Neuzeit auf dem suchenden Weg zur Wahrheit. Sie ist ein geistiger Abschnitt der Philosophiegeschichte, der einerseits vom neuen naturwissenschaftlichen Weltbild und den dazugehörigen mathematischen Methoden bestimmt ist.

Die Philosophie, und besonders die kosmische Philosophie, ist nur ein geistiger Ratgeber - nicht mehr, aber auch nicht weniger. Und als solches stellt sie uns vor bestimmte Grundsatzfragen, um deren Beantwortung sich denkende Lebewesen der höheren geistigen Ordnung nicht herummogeln sollten, wie zum Beispiel –

Was sollte ich tun, und was sollte ich lassen? Was darf ich erhoffen, oder wo ist jede Hoffnung zwecklos? Was bin ich eigentlich als denkendes körperliches Lebewesen der höheren geistigen Ordnung und warum lebe ich für eine begrenzte Zeit auf einem bewohnbaren Planeten. Was ist der eigentliche Sinngehalt dieses Lebens? Worin besteht der Inhalt und die Bedeutung dieses Lebens?

Etwas verständlicher ausgedrückt könnten diese Fragen auch so formuliert sein - wie können wir zu Erfahrungen, Überzeugungen und zu Gewissheiten gelangen und wie ist dieses Wissen darüber zu bewerten und natürlich auch anzuwenden? Wie sollen die ablaufprozessualen Entwicklungen des Lebens bewältigt, zu wege gebracht und ausgeführt werden? Wie und warum existiert die Welt die uns umgibt, in der wir leben so wie sie ist? Warum gibt es außer dem „*Nichts*" nicht nur das „*Nichts*"? Und letztlich – existiert im „*Nichts*" die Schöpfung?

Diese Fragen können und wollen die Wissenschaften mit ihrem instrumentalisierten Geist und Wissen nicht mit besonderer Hinwendung behandeln. Diese Fragen bleiben eingebettet in der Philosophie des Geistes oder besser, der kosmischen Philosophie. Mit dem geistigen Reifen von denkenden Lebewesen höherer Ordnung werden sie - möglicherweise - dem Denkzentrum dieser Spezies zugängig gemacht, so dass sie keinen Schaden im Entwicklungsprozess nehmen können und mit dazu führen werden, die Antworten und die Denk- und Verhaltensweisen gedanklich zu formulieren, die ihren Weg in eine andere Welt begleiten werden.

Wieder zurück zu unserem eigentlichen Thema „*Männer*" und zum Begriff *Erkenntnis*." „Bitte, Bernd, lass das mich mal erklären, es liegt mir eben so schön auf der Zunge und will meinen Mund verlassen." „Kein Problem, Klaus, dann lass mal hören."

Dieser scheinbar schwergewichtige Terminus lässt sich nicht so ohne weiteres auf andere bekanntere oder übergeordnete Begriffe zurückführen und ist selbstverständlich auch ohne einen konkreten Selbstbezug nicht zu definieren.

Woher dieser eben erst geschaffene Mann, also dieser Adam aus Lehm und Wasser, über so einen Wissens- und Erfahrungsschatz bereits verfügte, bleibt wieder eines der vielen Rätsel die einer Lösung bedürfen.

Lassen wir das mal so unbeantwortet stehen und widmen uns mehr dem Vater dieses jungen Mannes mit Namen Adam. Also Gott, sein Vater, tat etwas Eigenartiges, wenn es stimmen sollte was so erzählt und darüber geschrieben wird. Ganz am Anfang stand ja das „Nichts". Ok, das ist soweit relativ unstrittig. Das Gott aus Lehm und Wasser einen Mann schuf, kann man ja noch in einer Märchenstunde so leidlich nachvollziehen. Er schuf ihn ja nach seinem Ebenbild. Ok, Spiegel gab es ja zu dieser Zeit noch nicht, dafür genügte als Notbehelf ein Blick ins spiegelglatte Wasser. Er konnte also wissen wie er aussieht und wie Adam aussehen sollte. Dass er sich dabei nackt betrachtete könnte auch stimmen, sonst würde ja seinem noch zu schaffenden Adam möglicherweise ein wichtiger Körperteil fehlen. Damit wissen wir - Gott - natürlich nur wenn es ihn geben sollte, ist ein Mann. Denn Adam hatte so ein Körperteil. Zugegeben, ein relativ kleines, das allerdings den Mann von einer Frau signifikant unterscheidet. Ok, er hat auch einen Bart. Für die Fortpflanzung ist der allerdings nicht so wichtig.

Bleibt die Frage nach dem Baumaterial für Adam – also den Lehm. Vermutlich holte er sich dieses Material aus dem „Nichts" – denn „Nichts" ist ja nicht „Nichts".

Nach einiger Zeit, jedenfalls solange bis sich Adam als Gärtner bereits bewährte, schuf Gott, so behaupten es die heiligen Schriften, eine gut aussehende Frau und das aus einer der vielen Rippen in Adams Brustkorb und nannte sie Eva - *Adams Rippe* – Respekt! Wenn du mich fragst, keine besonders zukunftsweisende Voraussetzung in Bezug auf eine konstruktive Gleichberechtigung und so. Wenn du verstehst wie ich das meine. Wieso hat dieser Lehmkneter, also dieser Gott, nicht auch einen Klumpen Lehm und einen Topf mit Wasser aus dem „Nichts" geholt und daraus die Eva gebastelt. Dann wäre, zumindest was die Geburtswehen und den Gleichstand der Geschlechter betraf, eine gewisse Ausgewogenheit festgemauert gewesen. Und Adam hätte von da ab nicht den großen Affen markieren dürfen – aber, eben aber!" „Entschuldige bitte

Klaus, dass ich dich unterbreche. Ich hätte da noch einige fragende Gedanken zur Eva!" „Ok, Bernd, ich hör dir zu!" „Also gut! Betrachtet man die Rippe Adams, also die gut aussehende Eva auf Bildern der Altzeit, ist sie auch für uns Männer der Neuzeit eine Frau an die man sich durchaus schnell heranpirschen würde. Ob sie auf die Heranpirscherei eingehen würde ist wieder eine andere Frage. Aber, wieder zurück zur Eva. Woher wusste Gott, also der Herr mit dem Lehm aus dem „*Nichts*", wie eine Frau aussehen sollte. Noch dazu eine besonders hübsche Frau? Es gab ja nur das „*Nichts*"." „Du vergisst den Lehm, Bernd" „Entschuldige Klaus, und Lehm sieht ja immer gleich aus. Also, wie man daraus einen Menschen kneten kann ist mir ein Rätsel. Und zwar ein ganz großes Rätsel. Ok, für einen Mann ist es vielleicht nicht so wichtig wie er aussieht. Er besitzt ja die Mehrheitsanteile an der Gleichberechtigung. Und die ist, wie uns die Geschichte zeigt, einiges Wert.

Wenn wir Frauen aus der Altzeit dazu fragen könnten – na, die würden uns vielleicht was dazu an den Kopf schmettern. Wenn man sie vorher nicht durch den energischen Willen eines Mannes auf einem lodernden Scheiterhaufen durch ein reinigendes Feuer zu Asche umgewandelt hätte.

Männer der Altzeit behaupteten stur und steif, die Gleichberechtigung fußte – witzig fußte – auf der differenzierten Zuordnung der gesellschaftlichen Arbeitsteilung. Das bedeutete - der Mann kümmerte sich um das Feuer und die Frauen sorgten dafür, dass das Feuer immer genügend Nahrung bekam." „Entschuldige Bernd, Nahrung für das Feuer war ja nicht nur die einzige Verwendung für Frauen dieser Zeit. Zugegeben eine ziemlich rücksichtslose und schmerzhafte, aber - Gott sei Dank nicht die einzige Verwendung von Frauen im täglichen Alltag des Lebens. Denk nur – so als Beispiel – an das Kinder machen, Kinder kriegen und als williger und verwendungsfähiger Körper dann, wenn der eheliche Mann, mangels heftiger Kriegsspiele, sich am Frauenkörper prügelnd austoben konnte. Er musste ja in Form bleiben, der vielen Kriege wegen, auch klar! Dafür reichten die zehn Sekunden für eine befriedigende Karnickelei für den obligatorischen, ehelichen Beischlaf mit dem Eheweib, das heißt mehr mit ihrem Unterleib, beileibe nicht aus. Nein – Prügeln dauert länger und machte den Männern auch wesentlich mehr Spaß. Wenn dem wirklich nicht so gewesen wäre, also wenn der Beischlaf die eigentlichen Wonnen des Lebens gewesen wären, hätte der Herr im Himmel die Arme eines Mannes sehr kurz aus Lehm geformt und dafür sein bestes Stück im Lendenbereich durchaus etwas größer werden lassen. Also, nur der guten Ordnung wegen muss man auf allen Bildern feststellen, ist das gute Stück von Adam, also das zwischen seinen Beinen, ja gleich groß wie das des allmächtigen Gottes. Also, ich weiß nicht. Etwas klein ist das Teil schon. Für die unbefleckte Empfängnis war es wohl ausreichend. Trotzdem - etwas arg klein ist es schon. Kann natürlich auch möglich gewesen sein, dass der Lehm zu Ende ging und für ein größeres Stück am Mann kein Lehm mehr im „Nichts" zu finden war. Man muss es gedanklich mit einbeziehen – entschuldige bitte Klaus." „Kein Problem Bernd. Selbst in unserer Neuzeit, wenn ich das noch ergänzen darf, sind solche Gewalttaten an Mädchen und Frauen nicht unbedingt selten. In einigen Ländern auf unserer Erde, auch in unserem Heimatland, soll so was auch noch vorkommen. Aber – es steht unter Strafe und wird strafrechtlich relevant geahndet. Dem Spaß der Männer mussten Grenzen gesetzt werden. Und auch das ist eine Erscheinung unserer Zeit. Die Richter an den Amtsgerichten vertreten nicht selten die Meinung, dass Männer sich tunlichst bemühen sollten, das Sexleben aus dem Zeitalter der Karnickelei herauszuheben. Was man diesbezüglich so neuzeitlich darüber lesen kann scheint das auch Früchte zu tragen.

Es soll bereits Männer geben, die es durchaus auf eine Stunde bringen. Also keine zehn Sekunden, sondern dreitausendsechshundert Sekunden. Also bitte – geht doch. Sehr zur Freude der Schmetterlinge im Bauch der Frau. Ok, nach einer anstrengenden Stunde mit den Schmetterlingen sind einige Männer zwar völlig fix und fertig, aber - eben aber. Kraft zur Prügelei haben sie danach bestimmt nicht mehr. Wieder zurück zur Eva. Möchtest du, Bernd, oder soll ich weiter erzählen?" „Lass dich nicht aufhalten, Klaus, du bist ja gerade so schön in Fahrt." „Da stimmt! Also weiter mit der Eva.

Zum besseren Verständnis komme ich nicht umhin, Bernd, ein paar aufschlussreiche und bemerkenswerte Zeilen aus der heiligen Schrift der christlichen katholischen Religionsgemeinschaft zu zitieren. Man mag es nicht zwingend glauben wollen, was sich ein paar geistvolle Männerköpfe in diesen religiösen Kreisen so ausdachten. Und natürlich waren es Männer, was sonst. Frauen wären auf so einen geistlosen Unsinn überhaupt nicht gekommen. Damit das auch in der täglichen Praxis des Lebens fehlerfrei funktioniert, war es Frauen grundsätzlich untersagt die Kunst des Schreibens und Lesens erlernen zu dürfen. Die gesellschaftliche Arbeitsteilung sah das, bei allem Streben nach Gleichberechtigung, grundsätzlich nicht vor. Warum auch. Sollte die eine oder andere Frau es doch heimlich anstreben wollen – also lesen und schreiben zu können – und es kam an das berühmte Tageslicht, durfte sie ihr Wissen, natürlich gemeinsam mit einem heiß lodernden Holzfeuerchen schreiend aushauchen. Entschuldige bitte diesen kleinen mentalen Umweg. Und weiter mit der Eva.

Lach bitte nicht, ich habe die nachfolgenden Zeilen nicht verfasst. Kein Problem, Klaus. Als Kind durfte ich meiner Oma öfters beim Märchen erzählen zuhören, die sie des Einschlafens wegen leise in mein Ohr flüsterte. Ich ertrage Märchen, auch wenn sie noch so verrückt klingen mögen. Also, Klaus, keine Sorge, erzähl bitte weiter." „Also gut, dann einen Spruch zur *„Geburt"* der hübschen Eva. Meine Bewertung dafür lass ich vorsichtshalber weg. Ich rege mich sonst nur unnötig auf -

„Und Gott der Herr sprach: Es ist nicht gut, dass der Mensch allein sei; ich will ihm eine *Gehilfin* machen, die um ihn sei." Sprüche 31.10-31 19

„Denn als Gott der Herr gemacht hatte von der Erde allerlei Tiere auf dem Felde und allerlei Vögel unter dem Himmel, brachte er sie zu dem Menschen, dass er sähe, wie er sie nennte; denn der wie Mensch allerlei lebendige Tiere nennen würde, so sollten sie heißen. 20 Und der Mensch gab einem jeglichen Vieh und Vogel unter dem Himmel und Tier auf dem Felde seinen Namen; aber für den Menschen ward keine Gehilfin gefunden, die um ihn wäre."

21 „Da ließ Gott der Herr einen tiefen Schlaf fallen auf den Menschen, und er schlief ein. Und er nahm seiner Rippen eine und schloss die Stätte zu mit Fleisch. 22 Und Gott der Herr baute ein Weib aus der Rippe, die er vom Menschen nahm, und brachte sie zu ihm. (1. Korinther 11.7-9) (1. Korinther 11.12) (1. Timotheus 2.13) 23 Da sprach der Mensch: Das ist doch Bein von meinem Bein und Fleisch von meinem Fleisch; man wird sie Männin heißen, darum dass sie vom Manne genommen ist. 24 Darum wird ein Mann Vater und Mutter verlassen und an seinem Weibe hangen, und sie werden sein ein Fleisch. (Matthäus 19.5-6) (Epheser 5.28-31) 25 Und sie waren beide nackt, der Mensch und das Weib, und schämten sich nicht." (1. Moses Kapitel 2)

Abgesehen von so einem Unsinn, spricht dieser angebliche Gott vom Menschen und meint damit Adam und von einem Weib, und Gehilfin, also Eva. Bemerkenswert, wirklich sehr bemerkenswert. Adam war ein Mensch und die Eva halt nur ein behilfliches Weib. Nach Gleichberechtigung der Geschlechter klingt das nicht.

Sie, also diese Eva sollte Adam helfend zur Seite stehen. Wobei von Gott leichtsinnigerweise – möglicherweise auch absichtlich, nichts Konkretes festgehalten wurde. Es fehlte in diesem Schaffungsprozess ein grundsätzliches Anforderungsprofil zu einer detaillierten

Stellenbeschreibung, meinetwegen als Gärtnerin, Haushälterin, Putzfrau und weitere solcher „verantwortungsvollen" Tätigkeiten. Und, auch das sollte man nicht unter den berühmten Teppich kehren wollen. Um dem Mann, also diesen Adam das schwere, anforderungsreiche Alltagsleben etwas leichter zu gestalten, sollte Eva als Weib hilfreich Adam, also dem Menschen, ohne Widerrede unter die Arme greifen.

Man mag es nicht glauben wollen, Bernd. Selbst in unserer Neuzeit hat sich in einigen Ländern des Nahen und Mittleren Ostens die geistige Haltung der herrschenden männlichen Führungseliten der Altzeit zu Frauen nicht wesentlich geändert.

Kürzlich fand in Saudi Arabien ein wissenschaftliches Symposium, wohlgemerkt ein wissenschaftliches Symposium statt. Und ich rede in diesem Zusammenhang nicht vom üblichen Basargesabbel herdetreibender Kamelhüter und Schafhirten. Das tragende Thema und einige Vorträge lebten geistig von der Fragestellung – „Sind Frauen Menschen"? Das ist kein Witz und du hast dich auch nicht verhört, Bernd. Das war sehr ernst gemeint und wurde unter diesem Kontext auch einvernehmlich und nicht konträr diskutiert oder lax abgehandelt. Bitte - und das im einundzwanzigsten Jahrhundert – geht's noch?

Du erinnerst dich bestimmt noch an Gottes Worte bezüglich des Schöpfungsprozesses – „Adam war und ist ein Mensch, Eva ein Weib". Diese Aussage – angeblich persönlich von Gott zitiert – ist allerdings schon mehr als zweitausend Jahre her. Betrachtet man beide Behauptungen zum Thema Mensch und Frau - und Eva war eine Frau, schlängelt sich behutsam der Gedanke in das Denkzentrum von Männern der Neuzeit, dass solche Worte nicht zwingend und ausschließlich von einem Gott kommen müssen, obwohl er ja auch ein Mann ist, sondern mehr in den männlichen Köpfen der jeweiligen Führungseliten dieser Zeit ihren Ursprung fanden und sich bedauerlicherweise bis in unsere Neuzeit tapfer versuchen am Leben zu halten. Was natürlich die Frage aufwerfen könnte - gibt es einen Gott oder Götter - durchaus neu beleben dürfte.

Nochmals zurück zu dieser Tagung, die mit ihrer Thematik – „Sind Frauen Menschen" - auch eine beträchtliche Zahl an Gegenstimmen aktivierte. Als Rechtfertigung auf kritische Fragen wurde eine Feststellung in die Öffentlichkeit mittels der Medien transformiert, die da sinngemäß lautete -

„Wir haben bei unserem Diskurs jegliche Voreingenommenheit und Unsachlichkeit gemieden, soweit uns der *Allmächtige* Kraft verliehen hat. Denn dafür müssten wir ja Rede und Antwort stehen", hieß es dazu.

Wobei nicht erkenntlich wurde, wem gegenüber sie zu Rede und Antwort verpflichtet wären. Der ultimative und dogmatische Zugriff auf einen Gott, gleich welcher gemeint sein möge, ist symptomatisch für Teile der herrschenden Männerwelt auf unseren Planeten, Bernd, sich eine kosmische Figur zu schaffen, gegen die natürlich jeglicher Einwand im weißen, weichem Sande oder auf den Scheiterhaufen enden würde, mit dem einzigen Ziel, die Macht des Mannes als unantastbar in Beton zu festigen.

Wenn die Menschen einmal beweisen werden, dass es diese Witzfiguren von so genannten Göttern überhaupt nicht gibt, nicht geben kann, sondern von bestimmten Männern zu einem zielgerichteten und ergebnisorientierten Verwendungszweck vorsätzlich geschaffen wurden, wird der ganze Spuk mit der Macht der Männer zusammenfallen wie ein Kartenhaus. Spätestens dann wird auch die Frau ein Mensch sein – und zwar ultimativ. Einige Männer werden sich dann warm anziehen müssen – schaden wird es ihnen allerdings nicht. Soweit so gut. Wieder zurück zu unserem eigentlichen Thema.

Angenommen, also nur mal so locker angenommen er, also dieser Gott sei eine Frau. Darauf aufbauend, geistert in manchen Bevölkerungskreisen die weitverbreitete Meinung herum, dass sie, also diese himmlische Göttin sich um ihre Menschenkinder aufrichtig sorgen würde, anstatt sich so wie ihr männlicher Gott sofort nach der unbefleckten Empfängnis, wie halt viele Männer auf unserer schönen Erde nun mal sind, sich fix und fertig auf die andere Bettseite legen und schnarchen. Oder, wenn es ganz schlimm kommen sollte, sich auf Nimmerwiedersehen aus dem Staub machen. Wie heißt dazu ein nicht ganz stubenreiner Spruch unter den Frauen auf der Erde –

„Erst macht er einen klebrig und dann lässt er einen einfach liegen."

Entschuldige bitte, Bernd, ist mir so rausgerutscht." „Kein Problem Klaus, habe ich geflissentlich überhört. Ok, wenn wir schon bei der lieben Volksmeinung sind. Es wird auch behauptet, allerdings am meisten von Frauen – eine weibliche Göttin würde nicht nur mit ihren Menschenkindern ständig reden wollen, sondern sie würde sich um sie aufrichtig kümmern. Soweit sie kann, versteht sich. Vom Himmel bis zur Erdoberfläche ist schließlich ein weiter Weg. Auch wenn eine Göttin bestimmt fliegen kann, es bräuchte seine Zeit und anstrengend ist es vermutlich ebenfalls. Ich bin da absolut sicher, Klaus, sie würde den Menschen, besonders den weiblichen unter ihnen, viele nützliche Handlungen beibringen können. Also zum Beispiel - wie man gut kocht, die viele Wäsche sauber hält, die Räume im Haus gründlich putzt, die Kinder erzieht und nachts im Bett brav die Karnickelei des Mannes über und in sich ergehen ließe, anstatt wie die Männer sich um das bösartige Krieg spielen und ähnliche schlimme Handlungen zu kümmern.

Unter ihrer Anleitung und Aufsicht würden die vielen Engelein anstatt sich auf den himmlischen Wolken zu räkeln vielleicht lieber ein unterhaltsames Kaffeekränzchen abhalten, oder Strick- und Häkelabende organisieren. Wer weiß?

Oder – eine ganz praktische Handlung. Anstatt die zehn Gebote mühsam in Stein zu meißeln, würde sie vermutlich eine Spitzendecke dafür verwenden. Das Sticken strengt nicht so an, und in jedem Haushalt wären die zehn Gebote, eingearbeitet auf einer schmucken Tischdecke, ausgebreitet auf einem Tisch gut sichtbar.

Es ist den Frauen gegeben, in vielen Dingen des täglichen Lebens ganz praktisch zu denken und miteinander auch darüber zu diskutieren. Schon um ein mögliches Fehlverhalten zu vermeiden. Klar, Frauen können eine ganze Menge, und das Meiste davon auch ein ganzes Stück besser als wir Männer. Das ist unstrittig. Da können wir meckern wie wir wollen. Nur bei der Zeugung von Nachwuchs, klar, das können wir Männer natürlich besser. Es ist halt Männersache. Ok, die künstliche Befruchtung im Krankenhaus lassen wir mal besser außen vor."

„Na schön, Bernd, wobei wir wieder bei der Karnickelei angelangt wären. Wir sollten als Männer über diese Machart der Fortpflanzung doch mal ernsthaft nachdenken. Es könnte ja sonst möglich sein, dass das Frauen auch noch in ihre zarten, flinken Hände nehmen wollen. Ok, das mit "*In die Hand nehmen*", sollten wir mal lieber nicht so wörtlich nehmen, Bernd."

„Sehe ich auch so, Klaus - jetzt aber Schluss mit der Karnickelei. Morgen ist ja auch noch ein Tag. Gute Nacht Klaus und denke daran – Susan wartet auf dich und möchte mit dir bestimmt nicht über Fußball reden." „Weiß ich doch, Bernd. Das wird anstrengend, sage ich dir. Gute Nacht, Bernd." „Gute Nacht, Klaus."

Nach wenigen Minuten schlüpft auch Bernd leise und behutsam zu seiner Freundin Ivon ins Bett und hofft insgeheim, dass sie bereits gedanklich im Traumland verweilt. Aufgrund der Diskussion mit seinem Studienfreund Klaus, wollen sich seine Gedanken nicht so schnell beruhigen lassen. Das eigenwillige Thema *Frauen und die Gleichberechtigung zwischen den unterschiedlichen Geschlechtern* will ihn nicht so schnell mental besänftigen. Dabei fällt ihm ein kleines Gespräch zwischen ihm und seiner Mutter ein als er wissen wollte, warum Frauen oft so traurig wären und fragte dazu seine Mutter, warum sie manchmal so traurig wäre und bitterlich weinen würde. Seine Mutter antwortete ihm darauf nur - weil ich eine Frau bin und meinte - frag mal Papa, wann er das letzte Mal weinte. Ehrlich gesagt, muss Bernd denken, ich habe das nicht so richtig verstanden – vermutlich war ich dazu noch zu klein. Ich weine ja auch. Allerdings nur wenn mir was weh tut. Ich glaube, ich werde das Weinen bei meiner Mutter und wahrscheinlich bei vielen Müttern niemals verstehen – obwohl, mein Vater meinte einmal dazu - die Tränen wären eine Möglichkeit für unsere Seele, mit der sie ihre Freude, ihren Schmerz, ihren Kummer, ihre Enttäuschung, ihre Liebe, ihre Einsamkeit, ihr Bekümmernis und ihren Stolz ausdrücken können. Vielleicht ist das so, ich weiß es nicht.

Denke ich leicht philosophisch darüber nach, grübelt Bernd, muss er sich fragen was wirklich bleibt? Ja, was bleibt? Es sind die geistigen Tränen, die im Bewusstsein von Männern, Frauen und Kindern die Gefühlswelt im Denkzentrum ihres Wirtskörpers suchen, aber, eben aber - darin nicht immer so gefühlt werden wie sie es eigentlich sollten. Wie kann ihnen die warnende und helfende Vernunft zu Hilfe kommen wollen, wenn sie ihren Rat vor lauter Tränen nicht in Worte fassen kann? Auch Tränen unseres Bewusstseins sind ein Warnsignal an uns Menschen.

Jetzt erstrnal Schluss mit Adam und seiner hübschen Rippe. Interessanter wäre für uns Menschen der Neuzeit, vor allem für diejenigen, die in den demokratischen Industrieländern wohnen, wie wir Männer mit dieser weiblichen Rippe umgehen oder besser ausgedrückt, mit ihr einvernehmlich umgehen sollten. Sie ist ja ein Mensch wie wir Männer. Zugegeben, es gibt immer noch große Bevölkerungsgruppen auf unserer bewohnbaren Erdoberfläche, da spielen solche Überlegungen praktisch gesehen so gut wie keine Rolle. Ok, schön und gut. Aber bei uns in Deutschland? – Also bitte! Wir leben doch in einem aufgeschlossenen und dynamischen Gemeinwesen.

Morgen nach dem Kaffeetrinken, wenn unsere beiden Frauen zum Einkaufen unterwegs sind, werde ich mit Klaus versuchen die Angelegenheit mit der Gleichberechtigung zwischen Mann und Frau näher zu beleuchten. Irgendetwas muss da falsch organisiert sein, was allerdings dringend einer rechtlichen und nachhaltigen Lösung bedarf.

Soweit so gut. Und damit sollten wir den zweiten Teil unserer Thematik überdenken. Wie hat möglicherweise der alte Herr im Himmel, oder besser ich sage seine erfinderischen Geburtshelfer, vor langer Zeit die Gleichberechtigung zwischen Mann und Frau für das tägliche Leben, unter Einbeziehung der gesellschaftlichen Arbeitsteilung, angeordnet und eingeführt. So er wirklich hat oder angeblich wollte?! Vielleicht war das eher die herrschende Männerwelt und die brauchte für ihr eigennütziges und ihr selbstsüchtiges Verhalten einen Sündenbock in irgendeinem kosmischen Himmel, bei dem man sich keinesfalls beschweren konnte und auch nicht sollte – wie auch! Wer weiß, was sonst alles noch geschehen würde. Auch klar, allerdings nur wenn es ihn gäbe?

Eine hübsche Rippe schreit nach Gerechtigkeit

„Wenn Gott an Mitbestimmung geglaubt hätte, hätte er zunächst Adam und Eva und dann erst die Erde geschaffen." KarlHeinz Kariu

Seit vielen Jahren gibt es schon
die Frauenemanzipation.
Man sagt stets Frauen und Männer sind gleich
in unserem schönen Österreich.

Voll Eifer sprach ich zu meinem Mann:
"Ab heute wenden auch wir sie an.
Mit gleichen Rechten und gleichen Pflichten
werden wir unseren Haushalt richten."

"Montag bis Mittwoch allemal,
bin ich dafür zuständig", sprach mein Gemahl,
"die anderen Tage, mein liebes Weib,
bist du für Wohnung und Kinder bereit"

Ich hört' es voll Staunen und voll Entzücken,
In meiner Ehe soll es nun glücken:
Der Teilung der Arbeit in allen Bereichen
soll meine Doppelbelastung weichen!

Am Montag kam ich zu Hause an,
doch leider war er nicht da, mein Mann.
"Ich musste geschäftlich zum Essen gehn,
das wirst du, geliebte Frau, verstehn."

*Am Dienstag zum Training im Kegelverein
und mittwochs luden Kollegen ihn ein.
Den Rest der Woche war er zu Hause
und lag auf der Couch, denn da hatte er Pause.*

*So gingen viele Wochen dahin,
nach echter Partnerschaft stand mein Sinn.
Ach wären doch Rechte und Pflichten gleich
für Mann und Frau in Österreich!*

Poldi Lembcke

„Du bist es, die dem Teufel Eingang verschafft hat, du hast das Siegel jenes Baumes gebrochen, du hast zuerst das göttliche Gesetz im Stich gelassen . . . So leicht hast du den Mann, das Ebenbild Gottes, zu Boden geworfen"

(Tertullian, über den weiblichen Putz, 2. Nachchristliches Jahrhundert)

Bernd, noch etwas benommen und müde - auch kein Wunder, die Nacht zum Schlafen war etwas zu kurz gekommen, betrachtet sehr aufmerksam die Gesichter von Klaus und Susan. Irgendwie wirken sie auffallend entspannt, sogar sehr entspannt.

„Sag mal, Susan, dein Gesicht strahlt leicht anmutend wie eine sanft dahin schwebende Traube unbeschwert flatternder Schmetterlinge. Freust du dich auf den Einkaufsbummel mit Ivon?" „Ja und nein, Bernd. *Nein,* weil sich meine Schmetterlinge im Bauch nicht beruhigen wollen, sehr zum Leidwesen von meinem lieben Klaus, aber - eben, auch Männer brauchen hie und da ja mal eine längere Pause, wenn du verstehst wie ich das mit der Pause meine."

„Ja gut, Susan, so ungefähr schon. Und auf was bezieht sich bitte das *Ja*? Ivon und ich wollen in München die Fußgängerzone am Stachus neugierig auf und ablaufen, in der vorsichtigen Hoffnung ein Geschäft zu finden, dass solche ausgefallenen Klamotten hat, die wir uns gerne kaufen wollen. So sich die Preise nicht in schwindelnder Höhe ansiedeln." „Könntest du mir und Klaus bitte verraten, an was ihr beiden dabei so dachtet? Vermutlich an teure *Überraschungen* für bestimmte Nächte? Ich möchte nur vorsorglich darauf aufmerksam machen, dass Klaus und ich noch Studenten sind. Unsere Brieftaschen sind außerordentlichen Belastungen nur sehr schwerlich gewachsen und zu allem Übel zurzeit dünn mit Geld gefüllt." „Aber Bernd, ich bitte dich, das weiß ich doch. Du kennst uns doch. Frauen - und besonders ich und Ivon, sprechen sehr viel miteinander und wissen natürlich wieviel wir ausgeben können und wieviel nicht. Außerdem haben wir ja auch eine Geldbörse und sollte der Inhalt nicht reichen, nehmen wir halt die Kreditkarte." „Hätte ich mir eigentlich denken können. Also ihr zwei Hübschen, lasst euch nicht aufhalten und bleibt nicht allzu lange weg. Wäre schön, wenn wir euch zum Kaffee wieder hier in unserer Hütte sehen könnten. „Kein Problem Bernd, dass schaffen wir. Also tschüss bis später."

Während sich Susan und Ivon dem Ausgang zuwenden, weht mit leiser, eigenwilliger Stimme der Ruf eines Kuckucks durch das offene Wohnzimmerfenster. Ivon muss diesen leisen Schrei noch gehört haben. Sie bleibt plötzlich stehen und spitzt ihre Ohren.

Unerwartet meldet sich Bernd, ihr enger Freund und Lebenspartner zu Wort. „Entschuldige bitte, Ivon. Zu dem Vogel, der gerade so klangvoll und verlockend seine Stimme hören lässt, fällt mir ein Witz ein." „Ach was! Also gut mein Schatz, so viel Zeit haben ich und Susan noch." „Ok, Ivon, die verlorene Zeit geht auf dein Konto!" „Akzeptiert Bernd! Also, erzähl mal. Und lass bitte bei dem Witz die Pointe nicht weg, ich brauch bei Witzen immer was zum

Lachen, sonst lohnt sich ja das Zuhören nicht." „Gemacht – also, seid mal bitte leise und hört zu!"

Letztens hat sich Erika mal wieder mit ihren lieben Freundinnen beim *Schwofen* getroffen. Vorsorglich versprach sie ihrem geliebten Mann, dass sie um Punkt vierundzwanzig Uhr wieder zu Hause sein werde, so sie nicht die S-Bahn verpassen würde. Die fährt nach zweiundzwanzig Uhr in Richtung zu ihrem gemeinsamen Wohnhaus nur alle zwei Stunden. Und so möglich – würde sie vielleicht auch nüchtern ankommen! Aber – eben, wie das so im Leben so zugehen kann, muss die liebe Zeit beim Tanzen, den angenehmen und verlockenden Flirts und den nötigen Cocktails irgendwo im Musikrausch verschwunden sein – sie war einfach messbar nicht mehr da. Punkt aus alle.

Soweit das ihre leicht müde gewordenen Augen noch realitätsnah erfassen konnten, trudelte sie, halb auf der Straße und auf dem Fußweg gehend, leicht schwankend so gegen drei Uhr morgens zu Hause ein. Schnell noch ein wissender kurzer Griff unters Kleid – Gott sei Dank, denkt sie erleichtert, ihr Slip samt Einlage war noch dort wo er sein sollte. Man weiß ja nie! Eine gute Freundin meinte mal so locker nebenbei am Stammtisch der Frauenrunde es gäbe Männer unter den Mannsbildern, die beim gemeinsamen Tanzen, sollte mal so ein typischer Anmacheschlager gespielt werden und dabei noch das Licht abgeschaltet oder abgedunkelt werden, mit ihrem allerbesten Stück selbst beim Tanzen noch den Weg zu den Schmetterlingen finden würden.

Die bei solchen, meist *außerplanmäßigen* Sexerlebnissen anwesenden Schmetterlinge würden dabei natürlich völlig aus dem Häuschen geraten. Na gut, meinte sie, wer es glauben will soll es tun. Sie hätte ja bei ihrem lieben Männe so manches Sexabenteuer schon erleben können, aber beim Tanzen? Bei so einen langsam dahingleitenden lüsternen Sexlauf mit High Heels an den Füßen? Nie und nimmer! Niemals kommt das gute Stück des Mannes dorthin, wo es hinkommen soll. Ja gut, wenn der Mann gleich groß ist wie seine Tanzpartnerin – ok, könnte schon gehen. Aber bei ihrem Mann? Der ist einen guten Kopf größer als sie selber. Der arme Kerl müsste sich ja fast auf den Knien tanzend bewegen. Das wird mit Sicherheit ziemlich schwierig für sein bestes Stück dort zu bleiben, wo es seine *Arbeit* vollbringen kann oder genauer gesagt, vielleicht vollbringen könnte. Und anstrengend wird das auch. Das ist sicher! Jetzt laß mal so einen Schmuseschlager eine gute halbe Stunde so dahingurgeln? Also – muß sie denken, das wird nichts und im Stehen oder gar kniend gleich gar nicht.

Als sie zur Tür zum gemeinsamen Haus hereinkam, fing gerade die Kuckucksuhr lauthals an zu schreien. Dreimal- klar, es war ja drei Uhr. Erschrocken stellte sie fest, dass diese Rufe ihren Mann aufwecken könnten. Also – was sollte sie machen? Mit einer gehörigen Portion Mut ließ sie ihre Kuckucksstimme neunmal Kuckuck rufen.

Beruhigt darüber, dass sie trotz ihres Alkoholrausches das Miststück von einer Kuckucksuhr überlisten konnte, schwankte sie schwerfüßig ins Schlafzimmer, ließ sich kraftlos ins Bett fallen und verkrümelte sich ins Traumland.

Am nächsten Morgen beim Frühstück fragte sie ihr Mann mit einer leicht verschmitzten Belanglosigkeit, wann sie denn so die letzte Nacht zu Hause angekommen wäre? Ehrlich gesagt, muss sie betrübt denken, das sind so Fragen, die einem Sünder das Frühstück nachhaltig völlig vermasseln können. Gelinde ausgedrückt.

Sie meinte mit unschuldiger Stimme – „ich denke, so um Mitternacht, so wie ich es dir versprochen hatte!" „Aha!" Weiter sagte er nichts und wirkte auch so nicht weiter misstrauisch oder argwöhnisch. Gott sei Dank, dachte sie beruhigt – gerettet! Aber dann sagte er plötzlich - „Ach übrigens - ich denke, mit der Kuckucksuhr stimmt etwas nicht!" Schon leicht unruhig fragte sie mit belegter Stimme - "Ach was? Warum sollte sie kaputt sein? Bis jetzt ging sie immer, mein Schatz." Worauf er antwortete – „Also ich weiß nicht, gestern Nacht rief unsere Uhr dreimal Kuckuck, dann - ich kann es mir überhaupt nicht erklären - schrie er auf einmal, Scheiß - ! Und dann rief er noch viermal Kuckuck. Danach kotzte er sich im Flur seinen Magen leer, rief weitere dreimal Kuckuck, lachte sich halb kaputt, rief erneut Kuckuck, tippelte den Flur entlang, erklomm scheinbar mühsam die Treppe zum Obergeschoss trat dabei unserem treuherzigen Kater Memo auf seinen Schwanz, stolperte über den kleinen Flurtisch, der unter dem Gewicht zerbrach, legte sich schließlich an meine Seite ins Bett und - begleitet von einigen lauten Furzen - stöhnte er befreit von allen Qualen dieser Welt den letzten Kuckuck aus seinem Schnabel. Zum Schluss meinte er noch mit leicht verworrener Stimme – „wenn du im Wald zum ersten Mal einen Kuckuck hören würdest, darfst du dir etwas wünschen." Ich wüsste schon einen Wunsch, überlegt er, aber ich muss uns beiden ja das Frühstück nicht völlig vermasseln.

Nachdem das allgemeine Gelächter über den leicht ironischen Witz verklungen war, meinte Ivon zu Bernd gewandt - „das ist auch so eine hinterhältige Stimme aus unseren Wäldern, die nach außen hin mit einer lockenden Vogelstimme Freude und Wohlgesinnung verbreitet und im gleichem Atemzug selbstsüchtig nach einen Platz bei einer völlig fremden Familie sucht, wo sie ihre werdenden Kinder in familiäre Obhut geben kann, ohne selbst für die Brut und für die Aufzucht sorgen zu müssen. Vom *Wollen* kann da ja wirklich keine Rede sein. Böse Zungen behaupten, bei einigen Völkern unserer Erde würden auf manchem Thron von Fürsten- und Königshäusern oder bei einigen verantwortlichen Regierungsposten, die Kinder von Kutschern und Dienstboten sitzen. Und noch was muss ich zum Thema Kuckuck loswerden. Es gibt so manche angeblich *gute Freundin* und auch so machen *männlichen Hallodrius* von einem vermeintlichen Freund, die, was ihr Verhalten betrifft, mit einem Kuckuck so *Allerhand* gemeinsam haben. Ich mein ja nur!

Der Kuckuck kommt in vielen lustigen und traurigen Volksliedern vor und gilt mancherorts sogar als Sendboten des erwachenden Frühlings. Trotzdem, das muss auch gesagt werden, ist er bei vielen Menschen nicht eigentlich richtig beliebt. Betrachtet man sein Verhalten, besonders das, seine Nachzucht unerlaubt bei fremden Familien einzuschmuggeln, ist seine diesbezügliche Verhaltensweise ziemlich unsozial oder deutlicher ausgedrückt, ziemlich egoistisch, ruppig und wenig fürsorglich.

Einfach so mir nichts dir nichts die eigenen Eier in ein völlig fremdes Nest ablegen und den Nachwuchs von artfremden Vögeln aufziehen lassen, riecht schon sehr nach einem betrügerischen Handeln - oder? Aber, eben - Frau und Herrn Kuckuck ist das absolut wurscht. Ihre Methode der Arterhaltung ist jedenfalls erfolgreich - und darauf kommt es wohl in der Tierwelt an! Anders in Bezug auf bestimmte menschliche Verhaltensweisen Punkto Treue und Verlässlichkeit bei Familien und solche die es möglicherweise einmal werden wollen. Hier scheinen einige Frauen und auch Männer gern das Verhalten vom Kuckuck freudig nachzuahmen, um ihren egoistischen Liebes- und Sexleben nachzuhängen oder sich vor der Verantwortung ihres Kuckucksverhaltens zu drücken.

Ehrlich gesagt, so richtig nachvollziehen kann ich das sowieso nicht, warum manche Männer und Frauen auf so ein Kuckucksverhalten immer und immer wieder hereinfallen. Für mich ist und bleibt das ein dunkles Rätsel. Wenn ihr versteht wie ich das meine.

„Entschuldige, Ivon, wenn du so weiter erzählst, können wir unseren Einkauf in die berühmte Röhre stecken oder wir kommen zu spät zum Kaffee. Das wird unseren beiden lieben Männern sicherlich nicht besonders gefallen." „Ok, Susan, du hast ja recht. Zwitschern wir ab und Einkaufen macht ja auch Spaß – jedenfalls mehr als Witze erzählen. Also tschüss ihr beiden lieben Jungs. Bis zur Kaffeerunde sind wir wieder da." „Dann macht mal hurtig los und denkt dabei an den bekannten Einkaufssatz." „Entschuldige Bernd, wie soll der lauten?"

„Die meisten Menschen – eigentlich ist das mehr auf die Frauen gemünzt – kaufen sich Sachen die sie nicht brauchen mit Geld was ihnen nicht gehört." „Verstehe Bernd. Auch so ein Spruch aus der Männerwelt der zurückliegenden Jahrhunderte gegen uns Frauen. Na, Gott sei Dank gehören du und Klaus nicht zu dieser Sorte *Männer der Vergangenheit*. Ich denke, das hätten wir beide miteinander auch nicht allzu lang ausgehalten. Also - tschüss ihr zwei *Männer der Neuzeit*."

Leise schließt Susan die Wohnungstür hinter sich, hakt sie sich bei Ivons Oberarm unter und meint zu ihr– das mit dem Witz ist gar nicht so uninteressant für unser außereheliches oder partnerschaftliches *Lotterleben*, wenn ich das mal so locker und leichtfüßig bezeichnen darf." „Wie meinst du das, Susan." „Ok, stell dir bloß mal unsere gemeinsame Freundin Marlene in einer Situation vor, bei der ein Mann gewisse Situationen ausnutzt, um eine Frau mal für eine kurze *Karnickelei* rumzukriegen." „ Da hätte ich bei Marlene keine großen Schwierigkeiten, mir so manche gewollte oder möglicherweise nicht ganz so gewollte *Reinrutscherei* bei ihr vorzustellen.

Weil wir gerade bei dem Thema *Reinrutschen* sind. Ich fuhr mit Bernd in der zweiten Januarwoche nach einer süffigen Geburtstagsfeier sehr spät mit der Straßenbahn nach Hause. Die Kutsche war zwar gerammelt voll, aber dafür innen nicht so kalt wie auf der Straße. Vermutlich wollten die Kinobesucher und Kneipenbummler alle möglichst schnell zu ihrer warmen Hütte. Egal, wir klebten alle zusammen wie die Ölsardinen in einer Konservenbüchse. Natürlich stehend und nicht liegend.

Nach einigen Minuten Bahnfahrt drängelte sich in strammer Hartnäckigkeit Bernds bestes Stück in Richtung Heimat meiner wollüstigen Schmetterlinge. Ich will jetzt nicht näher darauf eingehen, aber dieser quicklebendige Reinrutscher, wohlgemerkt in einer voll besetzten Straßenbahn, eingezwängt in der Straßenbahnecke, umringt von fremden Männern und Frauen, also - ich muss schon sagen – das war zwar ziemlich kurz - aber dafür wild, das kann ich dir flüstern. In mancher Nacht, so nach den *normalen Rutschern* mit Bernd, habe ich mir schon die Frage gestellt, wie hätte ich reagiert, wenn Hartmut, ein ziemlich enger Freund von meinem lieben Bernd, vielleicht an seiner Stelle gewesen wäre? Da kommt so ein schillernder Kuckuck angerauscht, den man so in gewissen Situationen nicht gern verscheuchen würde.

Ein erheblicher Nachteil bei solchen Quickis wäre allerdings, dass man ständig ohne einen Slip und ohne Strumpfhose herumlaufen müsste und das bei der Kälte. Bis man beides bei engen Platzverhältnissen unauffällig, und ich sage nicht nur unauffällig, sondern ich meine auch unauffällig vom Körper hat?! Ich sage dir, das ist nicht so einfach und die Zeit drängt. Wenn du verstehst wie ich das meine." „Ok, so ungefähr kann ich mich da schon hineinfühlen, Ivon. Obwohl mich mein lieber Klaus, wenn schon nicht zu Hause, dann höchstens im Auto mal vernascht und das möglichst schnell, damit uns kein Fußgänger überraschen kann."

„Mal anders gefragt, Ivon. Hättet ihr nicht für so einen, na du weißt schon was ich meine, hinter eine Litfaßsäule gehen können? Da seid ihr allein und die Zeit drängelt nicht so." „Na du bist gut. Hast du schon mal mit Klaus im Badesee versucht deine Schmetterlinge mit seinem besten Stück zu beglücken?" „Haben wir! Ehrlich gesagt - es geht so la la. Sein bestes Stück ist halt im kalten Wasser eher eine lasche Nudel. Also so was *Richtiges* wurde das nicht."

„Eben, Susan! Stell dir vor, hinter der Litfaßsäule meine Schmetterlinge beglücken und das noch bei Minusgraden. Na, ich darf doch mal lachen. Frostgrade lassen zwar so ziemlich alles hart gefrieren, beim besten Stück des Mannes klappt das nicht. Also, dann schon lieber im dichten Gedränge und im Warmen. Wenn du verstehst, was ich damit sagen will. Natürlich ist es zu Hause im warmen Bett viel angenehmer, aber – eben, nicht so kitzlig aufregend. Ehrlich gesagt, ich brauch das nicht immer. Aber so hie und da eine kurze, aufregende Rutscherei sollte schon mal sein."

„So, jetzt aber Schluss mit dem Thema. Ich habe meine Slipeinlage vergessen und bei solchen leicht feuchten Themen könnte ich sie ganz gut gebrauchen." „Mit dem Problem, Ivon, bist du nicht allein. Gehen wir zum Shopping in die Kaufinger Straße, das ist zwar nichts für unsere Schmetterlinge, macht allerdings auch Spaß. Zugegeben nicht so viel, aber der Einkaufsspaß hält dafür länger an."

Während Susan und Ivon auf Einkaufstour wandeln, holt Bernd eine Flasche Weißwein aus dem Kühlschrank und füllt die bereitstehenden zwei Gläser randvoll, damit er nicht gleich wieder nachfüllen muss.

Mit einem geflüsterten Prost Klaus, wendet sich Bernd an seinen Freund und fragt ihn, ob er noch Interesse an dem Thema Gleichberechtigung zwischen Mann und Frau hat. Klaus, noch mit seinem Glasinhalt beschäftigt meint unter leichtem Husten – „also gut, Bernd, soll ich oder möchtest du anfangen? Da ich nicht ständig husten muss, fang ich an." „Ok, einverstanden."

Bernd setzt sich bequem in die Couchecke und meint mit einem Blick zum Fenster – „Ich weiß ja nicht, was der alte Herr im Himmel, also der mit dem langen grauen Bart, mit der Schaffung der Kuckucksfamilie bezweckt hatte oder was er sich bei der Schaffung dabei dachte. Ich vermute allerdings, dass er die Ungerechtigkeiten zwischen der Rippe Adams, gemeint ist die Eva und seinen Sprössling aus Lehm und Wasser mit Namen Adam, recht einseitig zu gunsten des Adams zugeordnet hat, weil er möglicherweise dafür passende – ich meine mannhafte Gründe hatte." „Ok, Bernd, an welche dachtest du dabei?" „Ich meine, dass es ein unrechtes Sozialverhalten und das dazu passende Denken aus alten Zeiten gab, die wohlgemerkt auch aus der Bibel stammen, also aus dem alten oder neuem Testament. Konkret ausgedrückt betrifft das die wirtschaftliche Benachteiligung von Frauen in Bezug auf die mannigfaltige gesellschaftliche Arbeitsteilung, die Rechtlosigkeit und die menschenverachtende Demütigung und Entehrung im Alltag des gemeinsamen Zusammenlebens von Mann du Frau.

In extrem radikalistischen Kirchenkreisen, Sekten und Glaubensgemeinschaften werden heute noch einige religiöse Schriften mit dogmatischen Gesichtszügen angeführt oder darauf Bezug genommen, um die alleinige Herrschaft des Mannes über die Frau zu legitimieren - sie praktisch auf Dauer in Beton zu gießen. So wird beispielsweise und bei vollem Ernst behauptet, die Frauen seien für alles geschehene Übel und natürlich auch für alles in der Zukunft noch zu geschehende Elend ganz allein verantwortlich, ohne Ausnahme! Sollte es tatsächlich und wahrhaftig im Sinne Gottes gewesen sein, dass Frauen von Männern täglich so abgrundtief herabgewürdigt, misshandelt und missbraucht werden? Was sagt die so genannte heilige Schrift, also das geschriebene Anforderungsprofil Gottes für die Menschen dazu? Einmal unterstellt es gäbe diesen Herrn oder diese vielen Herren im kosmischen Himmel überhaupt. Denkbar ist eher, dass sich das die Männer alles selber ausgedacht haben. Es ist zu ihrem Nutzen gewesen. Sie waren die eigentlichen Nutznießer dieses abgrundtief miserablen Verhaltens gegenüber Frauen." „Ok, Bernd, stimme ich dir uneingeschränkt zu. Dazu passt übrigens sehr treffend ein Zitat von Marc Aurel – ein berühmter römischer Kaiser und Philosoph der Altzeit – „Auf die Dauer der Zeit nimmt die Seele die Farben deiner Gedanken an."

Etwas einfach und weniger philosophisch könnte man dazu auch sagen – „Wenn man lang genug in den verlockenden Abgrund des Eigennutzes schaut, wird er zur wohltuenden und nützlichen Gewissheit."

Die ständige Misshandlung von Frauen kann doch nicht von Gott gewollt sein, sondern ist - zu Ende gedacht – doch unmittelbar auf die Nutznießer solcher Verhaltensweisen und Handlungen zurückzuführen. Die Vorstellung, Frauen müssten als Strafe für die von ihnen begangene Sünde im Garten Eden immerfort unterjocht werden, findet in der Bibel keinerlei Rückhalt. Wie auch!

„Stell dir vor, Bernd, alle Frauen der Welt würden sich – aus purer Angst vor der Sünde, sich den ständig gewollten Karnickelleien der Männer, also dieser zehn Sekunden Rutscher, strikt entziehen wollen? Da bekäme der Herr im Himmel allerdings mehr als nur einen Drohbrief. Das mit so einem erzwungenen, von Gott gewollten Verhalten der Frauen die Menschheit natürlich auch in einer relativ kurzen Zeit in Gänze aussterben würde, wage ich nur zaghaft anzumerken."

„Ok, Bernd ich wollte dich nicht unterbrechen." „Macht nichts, Klaus. Also weiter mit der Ungerechtigkeit zwischen Mann und Frau."

Interessanter sind möglicherweise mehr die Gedanken, so man sie verfolgen möchte, zum Thema - erschuf der alte Herr mit dem langem grauen Bart im kosmischen Himmel, aus einer der vielen knochigen Rippen Adams die anmutende Frau und das alles auch noch als einen Menschen *zweiter Klasse*? Also gut, das Wort *Klasse* ist vielleicht nicht so günstig gewählt. Woher sollte dieser alte Mann im Himmel wissen können was eine Klasse sein könnte? Im *Nichts* ist zwar nicht *Nichts* – aber Klassen? Also, da bin ich doch skeptisch. Ok, Lehm gab es schon, sonst hätte der alte Herr ja nicht den Adam kneten können." „Entschuldige bitte, Bernd, dazu würde ich geistig gern was beisteuern." „Ok, laß dich nicht bremsen."

„Ich denke, Bernd, der liebe Gott, oder meinetwegen auch – die lieben Götter - bemühten sich - immer unterstellt es gab und gibt sie - den Menschen nach ihrem Bilde zu erschaffen. Wir haben beide bereits ausführlich darüber diskutiert.

Sowohl der Mann als auch die Frau wurden demnach von Anfang an so erschaffen, dass sie Gottes Eigenschaften widerspiegeln sollten. Sie waren körperlich und emotional unterschiedlich, das stimmt, aber beide bekamen denselben Auftrag und hatten dieselben Rechte vor ihrem Schöpfer. Jedenfalls steht es so geschrieben. Was in konsequenter Weise zu Ende gedacht nicht bedeuten kann, dass Frauen die gleichen Rechte wie Männer haben. Auch durchaus leicht nachvollziehbar, Gott ist ein Mann und kein Transvestit. Wäre dem so, müsste das ja eigentlich sein Stellvertreter auf Erden wissen.

Bevor der alte Herr mit dem buschigen Bart im Himmel, Eva, also Adams Rippe erschuf, soll er angeblich lautstark Adam erklärt haben – auch klar, es waren ja außer Affen und anderen Tieren keine Lebewesen anwesend - „Ich werde ihm, also diesem Adam, eine *Gehilfin* machen als sein *Gegenstück*" „Solltest du daran Zweifel hegen, Klaus, kannst du das bei Mose nachlesen." „Ich glaube dir das auch so, Bernd." „Ok, dann weiter im Text."

Aus dieser von Gott lauthals gerufenen Erklärung für Adam lässt sich leicht ableiten, dass die Frau ein Mensch zweiter Klasse sein sollte? Das mit der Klasse hatten wir ja schon. Allerdings kann man mit etwas humorgeladener Phantasie die Formulierung *Mensch zweiter Klasse* auch so übersetzen oder meinetwegen auch interpretieren, dass daraus auch *eine Hilfe* mit menschlichem Körper abzuleiten wäre. Und bis zu der von Männern gern benutzten Bezeichnung wie - Haushaltshilfe, Putzfrau und Gebärmaschine ist es dann ja nicht mehr allzu weit, um zur gängigen, gern gewollten alltäglichen Umgangsform zu werden. Versteht sich!

Es gibt allerdings auch einen Vergleich aus der Neuzeit zu diesen Thema – aber, eben aber. Er ist aus der Neuzeit, also dieses Gleichnis, in der die Männerwelt nicht mehr das ist, was sie gegebenenfalls gern sein möchte. Also, zu dieser Metapher von einem Chirurgen und einem Anästhesisten -

„Kommt der eine ohne den anderen zurecht? Wohl kaum. Die beiden ergänzen sich. Sollten sie jedenfalls. Andernfalls wird es möglicherweise für den zu behandelnden Patienten ziemlich unangenehm – gelinde ausgedrückt. Natürlich führt der praktizierende Chirurg die erforderliche Operation durch, aber wer würde schon behaupten wollen, dass der Anästhesist deswegen weniger wichtig wäre?"

Genauso sollte es natürlich bei einem Mann und einer Frau sein. Natürlich kann jeder für sich allein das für den Nachwuchs verantwortliche Organ mehr oder weniger heftig stimulieren – selbstverständlich ist das möglich. Aber – eben aber, ein Kind bekommen sie davon nicht. „Entschuldige Klaus, soll ja nur ein Beispiel sein." „Ok, Bernd, ist angekommen! Der liebe Gott wollte ja auch, dass sie dabei eng zusammenarbeiten und nicht gegeneinander konkurrieren sollten. Geht man von seinen formulierten Vorstellungen aus, wäre möglicherweise die Auslegung dessen was er eventuell gewollt hatte, völlig anders praktiziert worden. Und das ist es natürlich, was erhebliche Zweifel aufkommen lässt, das alles käme von einem Gott im kosmischen Himmel. Es riecht halt doch auffällig nach dem Gedankengut und den gewollten Absichten von Männern. Ich will ja diesem alten Herrn im göttlichen Himmel nichts Übles nachreden wollen - beileibe nicht. Woran könnte man womöglich im gesellschaftlichen und sozialen Zusammenleben von Männern und Frauen signifikant erkennen, dass diesem besagten Gott, und damit meine ich den christlichen Gott und nicht Allah, also diesen so genannten *einen wahrhaftigen Gott* nach der islamischen Gottesvorstellung, Frauen wirklich am Herzen liegen würden? Zugegeben, ich würde bei dieser Formulierung gern den Imperativ verwenden wollen, aber - eben aber.

„Ok, Klaus, ich bin heidenfroh, dass du wieder in der Neuzeit angekommen bist. Also, dann laß dich durch mich nicht weiter aufhalten"

Gott, also der christliche unter den vielen Göttern sah voraus, was in Sünde gefallen Männer tun würden oder besser gesagt tun sollten. Damit meinte er, also dieser Gott, den relativ unvollkommenen Zustand des von ihm getrennten Menschen in Nichtsünder und Sünder zu trennen. Was bedeuten soll, dass der besagte Mann Gottes Gesetze hie und da einfach so mir nichts dir nichts überschreitet und sich dadurch von der göttlichen Gesetzesordnung unerlaubt entfernen würde. Das betrifft aus heutiger Sicht betrachtet in erster Linie das Verhalten des Mannes zu seinen Mitmenschen und hier besonders zum weiblichen Geschlecht.

Deshalb meint man nachlesen zu können, dass schon in der frühen Altzeit die Absicht zum Ausdruck gebracht wurde, Frauen zu beschützen. Ohne dabei den Inhalt des Gewollten näher zu interpretieren, um es ins richtige Licht zu rücken, geht das freilich in der Neuzeit nicht. „Laure Aynard" in La Bible au féminin. soll dazu geschrieben haben - *Wenn in den Bundesgesetzen von Frauen die Rede ist, dann geht es meistens darum, sie zu schützen.* Das mosaische Gesetz verlangte zum Beispiel, das Vater und Mutter sozusagen gleichermaßen zu achten und zu ehren seien. Auch mahnte es insbesondere zu einer gebührenden Rücksicht gegenüber werdenden Müttern.

Bedenkt man allerdings die gängige Praxis im täglichen Alltag, wie denkbar schlecht und rücksichtslos es in den meisten Ländern der Erde um die Rechte vieler Frauen bestellt ist, sieht man noch heute in der Neuzeit ganz deutlich, wie viel Schutz noch erforderlich ist, um das Gewollte wahr werden zu lassen. Was wiederum deutlich werden lässt, was Gott, oder genauer gesagt seine männlichen Geburtshelfer, vom Schutz der Frauen wirklich hielten. Es sind Gesetze – ausnahmslos – zum Schutze Gottes Schöpfung aus Lehm und Wasser. Also dieses Mannes Namens Adam und seiner männlichen Nachfolger. Gesetze zum Schutze auch der Frauen wäre doch nur von einer weiblichen Göttin oder möglicherweise auch von einem göttlichen Transvestiten verfasst worden, die eine gewollte praktische Regelung zum Schutz der Frauen auch erkennen ließe.

Erst in der Neuzeit der Erde kommt in einigen demokratisch regierten Industrienationen dieser festzementierte männliche Phallus ins arge Wanken.

Im Gegensatz zu den Frauen in vielen anderen Nationen der Erde, nur wieder so als Beispiel, konnten sich Mädchen und Frauen aus Israel, in der späten Altzeit, an einem bemerkenswerten Maß von freiheitlicher Persönlichkeitsgestaltung erfreuen. Der angetraute Ehemann hatte zwar nach wie vor die berühmten Hosen an, doch seine Ehefrau konnte sich meist eigenverantwortlich und zu einem gewissen Teil auch rechtsfähig in ihrem außerehelichen Handlungen verhalten und nicht als so genanntes *menschliches Beiwerk* demütig hinter ihrem Ehemann herlaufen.

Dieses gesellschaftlich zulässige soziale Verhalten gegenüber allen Frauen, abweichend von früheren Verhaltensnormen, ergab sich, wenn man den zur Verfügung stehenden Aufzeichnungen ein gewisses Maß an Glauben schenken möchte daraus, dass die Frauen in Israel angeblich die Freiheit besaßen, oder zugesprochen bekamen, ein persönliches Verhältnis zu den göttlichen Herrn im Himmel zu pflegen. Soweit so gut.

„Du erinnerst dich bestimmt noch an deine Ausführungen zur *mosaischen Gesetzgebung.*" „Ich weiß, Klaus, auf was du möglicherweise hinaus willst. Frauen hatten, rechtlich beurteilt, tatsächlich ein gewisses Maß an einer anerkennenswerten, gesellschaftlichen Position und ihre sozialen Rechte wurden weitestgehend gewahrt und respektiert. Allerdings, und auch das sollte ich in diesem Zusammenhang mit erwähnen, entwickelte sich ab dem vierten vorchristlichen Jahrhundert der Frühzeit besonders im Judentum der kulturelle Einfluss Griechenlands, wo auch Frauen zunehmend eine untergeordnete Rolle spielen sollten, besser ich sage zu einer untergeordneten Rolle gezwungen wurden."

Dazu wieder ein treffendes Beispiel aus der griechischen Mythologie - der griechische Dichter Hesiod, er lebte etwa siebenhundert Jahre vor der Zeitenwende, legte alle üblen Charaktereigenschaften, die vielen Menschen auch in der Neuzeit so eigen sind, grundsätzlich den Frauen zur Last. In seinem Werk *Theogonie* erwähnte er *„das arge Geschlecht und die Stämme der Weiber, die zum Unheil wohnen mit sterblichen Männern zusammen"*.

Diese Vorstellung, bezüglich des Verhaltens der Frauen, fasste bereits sehr früh, genauer gesagt im zweiten Jahrhundert vor unserer Zeitrechnung im Judentum Fuß. Der Talmud, dieses jüdische Werk ist, wie du sicherlich weißt, eines der bedeutendsten Aufzeichnung des Judentums. Dieser Talmud enthält natürlich selbst keinerlei biblischen Gesetzestexte besonders zum Thema *Frauen*, sondern zeigt auf, wie bestimmte Verhaltensregeln in der lebensnahen Praxis und im Alltag von ihren Glaubensbrüdern verstanden und ausgelegt werden sollten. „Keine Sorge Klaus, ich werde mich mit diesen dicken Wälzer nicht weiter aufhalten." „Na Gott sei Dank. Würde wohl auch unseren knappen Zeitrahmen sprengen." „Stimmt Klaus!" „Also weiter mit dem Talmud, der bereits ab dem zweiten Jahrhundert unserer Zeitrechnung verfasst wurde."

Zum Schrecken der Weiblichkeit enthielt er schon die bedeutungsvolle und durchgreifende Warnung - *Unterhalte dich so wenig wie möglich mit einem Weibe, denn schließlich kommst du zur Hurerei.* So, jetzt aber erstmal Schluss mit der von Gott angeordneten so genannten Gleichberechtigung zwischen Mann und Frau in der Altzeit.

„Was meinst du dazu, Klaus." „Ok, Bernd, ich sehe das so wie du. Wir sollten uns, bevor unsere Frauen wieder eintrudeln, noch über das Verhalten von Männern zu Frauen in der Neuzeit unterhalten. Vorallem darüber, inwieweit sich der Staat und sein Gemeinwesen bei uns in Deutschland die Mühe machen, durch gesetzliche Regelungen, die in Teilen noch ungleiche Behandlung aus den Weg zu räumen." „Ok, Klaus, darüber lässt sich prima diskutieren. Willst du anfangen, oder soll ich weiter erzählen?" „Lass dich durch mich nicht aufhalten, Bernd." Ok, dann mal los mit dem nicht ganz so einfachen Thema *Gleichberechtigung in der Neuzeit."*

Vielleicht für den Anfang ein kleiner Witz gefällig, Klaus?" *„Dann laß mal hörn."*

Ok, stell dir ein frisch verheiratetes junges Paar in der Hochzeitsnacht vor. Der eben erst gekürte Ehemann, ein aufgeblähter baumlanger Muskelprotz, wirft lässig seine Anzughose auf das Ehebett und meint im leicht überheblichem Tonfall: "OK, zieh dir mal meine Hose an!" *Sie tut es und sagt:* "Sie passt nicht, sie ist mir viel zu groß!" "Genau", *sagt er.* "Ich bin hier der Mann in unserer Familie. Das kannst du dir hinter deine Ohren schreiben!" *Sie lächelt leicht und wirft ihn dabei ihren Slip zu.* "Versuch doch mal meine Hose anzuziehen." *Das Höschen geht bis an seine Knie und keinen einzigen Zentimeter weiter.* "Verdammt!" *murmelt er leicht missmutig,* "ich komme da nicht rein!" "Genau!" *sagt sie, "und so wird es auch eine ganze Weile bleiben jedenfalls solange, bis du deine Einstellung mit deiner Hose und so geändert hast!"*

Und noch so einen nachdenklichen Volksspruch – *Wenn der Herr im Himmel in seinem Erkenntnisstand soweit gewesen wäre, dass er bereits an die Gleichberechtigung gedacht hätte, wohlgemerkt hätte, um sie vorerst auf seine noch zu schaffenden Menschenkinder gerecht zu verteilen, hätte er - schon wieder dieses hätte, mit fester Überzeugung zunächst Adam und dann seine Gehilfin, also die Eva geschaffen, bevor er sich die Mühe machte, den Planeten Erde - vermutlich ebenfalls aus Lehm und Wasser, zusammenzubacken.*

„Entschuldige, Bernd, dazu fallen mir auch noch ein paar Sätze ein." „Ok, dann laß mal hören!"

Bei einigen unserer weiblichen Kommilitonen hält sich tapfer die Überzeugung, dass das Ringen um die Gleichberechtigung nur der Versuch von uns Männern wäre, das Thema mit Adams Rippe in die Schublade des Vergessens zu schieben.

Und noch so ein Spruch aus dunkler Vergangenheit. Angeblich soll er höchst persönlich vom göttlichen Herrn im Himmel gesagt worden sein, nachdem er gelangweilt und wohl auch recht missmutig in seinem Wolkenbett herumlümmelte –

Am Ende meines Strebens könnte meine göttliche Handlung gewesen sein, so ich sie wirklich und aus tiefster Überzeugung gewollt hätte, dem Manne das Weib gleichgestellt zu haben.

So, jetzt aber wieder ernstlich weiter mit diesen Thema – allerdings in unserer Neuzeit. „Wenn du einverstanden sein solltest, Bernd, fange ich gleich damit an." "Ok, schieß los, Klaus!"

Kaum will Klaus seine Gedanken in Worte fassen, öffnet sich die Wohnungstür und Susan und Ivon stehen mit strahlendem Gesicht und vollgepackten Einkaufstaschen im Zimmer.

„Ich denke, Bernd, unseren interessanten Diskurs zur *Gleichberechtigung und zur emanzipierten Chancengleichheit zwischen allen Männern und Frauen in unserer Neuzeit* sollten wir vorerst verschieben. Was die nächsten Stunden ausfüllen wird, werden Anproben, verbunden mit einer kleinen Modenschau und Preisdiskussionen sein. Nicht zu vergessen, die neugierigen Fragen unserer Frauen – wie, mein lieber Schatz, gefall ich dir in diesem rosafarbenen....... – na, und so weiter." Und alle Klamotten ergatterten sie selbstverständlich zum halben Preis – versteht sich allemal."

„Ok, Klaus, wir werden das verkraften und – welche Freude – unsere Weingläser sind ja noch halb voll – na Gott sei Dank." „Du vergisst unser gemeinsames Kaffeetrinken, Bernd, und den Mohnkuchen." „Ach ja! Hätte ich beinahe versemmelt. Ok, bei so vielen angenehmen Abwechslungen sollten wir unser anstrengendes Thema wirklich verschieben." „Sollten wir, Bernd!"

Adam und Eva und ihre Gleichstellung in der Neuzeit

Adam überlisten, Peanuts, sagte die Schlange, aber Eva, das nenne ich ein Meisterwerk.

Manfred Hinrich

Als Gott aus der Rippe Adams Eva erschuf, vergaß er beiden die Gleichstellung in ihrem Zusammenleben einzuhauchen.

Dietmar Dressel

Es ist schon neun Uhr morgens und die Sonnenstrahlen wagen sich bereits einen Blick in Bernds Studentenbude zu werfen, um Klaus allein am Tisch sitzen zu sehen. In der einen Hand hält er eine Tasse Kaffee, vermutlich in der Hoffnung, dass sie ihn auf die Sprünge verhelfen würde und die andere Hand stützt seinen Kopf.

„Na, du Frühaufsteher, was zieht dich denn so zeitig zu einer Tasse Kaffee? Entschuldige bitte meine Neugier, Klaus. Übrigens – besonders ausgeschlafen siehst du auch nicht aus. Ich vermute, du hattest eine anstrengende Nacht oder irre ich mich?" „Ehrlich gesagt und so von Mann zu Mann. Ich kann das bei Susan nicht so recht nachvollziehen. Jedes Mal wenn sie einen Großeinkauf hinter sich hat, der vorallem ihr anziehendes Outfit betrifft, bekommen ihre Schmetterlinge einen unglaublichen Hunger auf Lust, anstatt sich an den schönen Klamotten zu erfreuen. Das ist für mich eine ganz schöne Herausforderung. Wenn du verstehst, was ich damit sagen möchte." „Aber klar kann ich das, Klaus. Denkst du vielleicht, mir ergeht es bei Ivon anders? Du solltest, wenn du schon regelmäßig ins Fitnessstudio gehst, deinen Beckenbodenmuskel trainieren. Den sieht man zwar nicht so in der Öffentlichkeit, aber nützlich ist er bei gewissen *Anstrengungen* für uns Männer schon. Ganz besonders für die meist nächtlichen Sexspielereien mit den Schmetterlingen und so." „Entschuldige Bernd, was meinst du mit Beckenbodenmuskel trainieren und so?" „Bitte, Klaus, lass dir das von Susan erklären. Das Thema ist nicht so mein Ding. Ich denke, Susan kann das wesentlich besser. Vielleicht hilft dir der Spruch meiner Mutter weiter, den sie los ließ, als ich zur Armee einberufen wurde, und ich möglicherweise einen näheren Kontakt mit dem weiblichen Geschlecht haben würde. Angeblich, so meinte meine Mutter damals, stehen Frauen auf besonders schmucke Soldaten. Vermutlich dachten sie dabei nicht daran, dass Frauen mit einem Soldaten einmal verheiratet, auch relativ schnell Witwe werden können. Na egal, wieder hin zu dem, was meine Mutter mir eigentlich sagen wollte. Der Satz lautete ungefähr so. Wörtlich bringe ich den Spruch sowieso nicht mehr zusammen."

„Eine Frau kann immer' Warum das so wäre, ließ meine Mutter unter den Tisch fallen. In meinem Kopf blieb haften – sie kann immer. *Aber - sie will nicht immer. Und ein Mann will immer - aber er kann nicht immer.* Also, so meinte meine Mutter, *richte es in deinen Liebesverhältnissen so ein, dass du kannst wenn sie möchte.*"

„Ok Bernd, das habe ich heute Nacht erlebt. Ich wollte eigentlich nicht – eben weil. Und Susan wollte und konnte ständig. Jetzt stell dir vor, wir Männer verhalten uns in solchen Situationen wie manche Frauen, wenn wir wirklich keine Lust auf Sex hätten und würden sagen – ach mein lieber Schatz, heute nicht, ich habe solche Kopfschmerzen. Und weitere solche hilfeschreienden Ausreden. Entschuldige, Bernd, wie stehen wir denn als Männer da? Also, was machen wir? Na, was schon. Das Resultat eines solchen Verhaltens siehst du derzeit am Tisch sitzen – na danke!!!

So, jetzt aber Schluss mit der Sexualität, wieder zum Ernst unseres

Themas zurück." „Einverstanden Klaus, wenn du willst kannst du anfangen." „Ok, Bernd, dann mal los."

Hängengeblieben waren wir bei der gesetzlich geregelten Gleichstellung von Mann und Frau in der Neuzeit.

Wenn wir uns im sozialen Alltag des Lebens so umschauen, durch die Einkaufzentren laufen, am Arbeitsplatz uns bemühen die Zeit sinn- und ertragsreich zu nutzen stellen wir schmunzelnd fest, gleich wo wir uns sonst gerade aufhalten und bewegen, die beiden Geschlechter der Menschheit, also Mann und Frau gleich welchem Alters, sind grundverschieden, und damit mein ich nicht nur das äußerliche Erscheinungsbild.

„Entschuldige, Bernd, das war von mir eben eine besonders geistreiche Feststellung." „Sehe ich auch so, Klaus – aber, laß dich trotzdem nicht aufhalten." „Also gut, dann mal weiter mit etwas mehr Esprit."

Es ist für uns Menschen eine besonders große Herausforderung und nicht selten eine Überwindung, sich in die Gedankenwelt eines Gottes oder von Göttern hineinzudenken. Besser wäre es, wenn ich sage, es ist für uns Menschen der Neuzeit außerordentlich schwierig, die Motive der logischen Denkweise und das daraus resultierende praktische Handeln von Männern der Altzeit auch nur ansatzweise für ethisch und wohlbedacht zu empfinden.

Also - nur so als Beispiel - was haben sich eigentlich der Herr im Himmel – genauer gesagt seine Erfinder - dabei gedacht, Adam und Eva entstehen zu lassen? Sahen sie mehr im Fokus die sexuelle Lust zwischen Mann und Frau? Oder suchten ihre Gedanken in ernsteren Regionen Antworten auf ihre drängenden Fragen?

Kann es gegebenenfalls auch möglich gewesen sein, dass sie bereits daran dachten, dass Männer und Frauen in einem sozial geprägtem Konstrukt sich mental aufhalten könnten, oder meinetwegen auch sollten? Das wäre möglicherweise sowohl richtig als auch falsch zugleich. Wieso sage ich das? Lassen wir für meine nächsten Gedanken diesen älteren Herrn im Himmel mit seinem angeblich schönen langen Bart einfach mal beiseite und beleuchten das Thema aus unserer heutigen menschlichen Sicht, Bernd. Also aus der Sicht von denkenden körperlichen Lebewesen der höheren geistigen Ordnung, gleich auf welchen Planeten sie wohnen mögen.

„Was meinst du das zu?" „Sehr guter Einfall, Klaus. Laß mich dazu einige Gedanken loswerden." „Ok, Bernd, schieß los!"

Wenn bei Männern als auch bei Frauen die kleinsten Teilchen der Materie und die kleinsten Teilchen des Lebens unterschiedlich existieren, ist es doch, logisch zu Ende gedacht völlig normal, dass Frauen eine Gebärmutter haben und Männer nicht? Das soll nur ein Beispiel von vielen anderen Unterschieden sein. Auch wenn einige so *genannte Männer* meinen müssten, sie fühlten innerlich förmlich das Leben wie es wächst und gedeiht. Ok, Spaß beiseite! Auch werden, nur wieder so als hinführendes Beispiel, vernünftigerweise der Penis eines Mannes und die Vagina einer Frau grundsätzlich vom Gehirn, also vom Denkzentrum aus mit unterschiedlichen Datensätzen angesteuert. Was natürlich bei anderen Körperteilen und Körperorganen in ähnlicher Weise geschieht.

An solchen digitalen Schnittstellen im Denkzentrum, vorwiegend bei Männern, könnten gegebenenfalls psychische Irritationen entstehen, wenn der Dickdarm eines *so genannten Mannes,* eingebettet im Gesäß, dem Gehirn, also dem Denkzentrum gefühlsbetont vorgaukeln würde er sei so was wie eine Vagina. Einmal unterstellt, dass das Geruchszentrum im Gehirn bei so einer krassen Fehleinschätzung völlig versagt. Das führt natürlich bei so einer geballten Konzentration von Fehleinschätzungen verständlicherweise zu Verständigungsschwierigkeiten auf der geistigen Gefühlsebene im Gehirn insoweit, dass die auf Lust orientierten Schmetterlinge im Mastdarm eines Mannes eine wonnige Glückseligkeit suchen und dabei auf menschliche Exkremente stoßen. Vom Wohlfühlen und sinnlichen Freuden können die Schmetterlinge dann nur träumen, mehr auch nicht.

Natürlich ist es nicht entscheidend, ob es Unterschiede im menschlichen Verhalten gibt, sondern wichtiger wäre es, wie wir in einer aufgeschlossenen Gesellschaft damit umgehen und wie wir im praktischen Alltag des Lebens mit ihnen verfahren. Möglicherweise können wir einen allgemeinen Diskurs über biologische Tatsachen verändern oder meinetwegen auch mit anderen Augen betrachten, nicht aber die Fakten selbst. Das sollten wir dabei nicht aus den Augen verlieren. Ich meine damit – wieder nur so als Beispiel – eine Vagina bleibt eine Vagina und ein Mastdarm bleibt ein Mastdarm. Daran eventuell etwas Grundsätzliches ändern zu wollen, dürfte der Schöpfung nicht besonders gefallen. Ich mein ja nur.

„Da gehen unsere Meinungen nicht auseinander, Bernd." „Stimmt! Ich denke, Klaus, dieses biologisch geprägte Thema können wir erstmal abhaken. Möglicherweise kommen wir zu einem späteren Zeitpunkt wieder darauf zurück. Wenden wir uns gedanklich mehr den sozial politischen und kulturell gezogenen Grenzen zu. Oder magst du dieses Thema nicht so?" „Fang an, Bernd, wenn ich das Thema satt habe, melde ich mich." „Ok, dann mal los!"

Für den Anfang drei wichtige Fragen dazu. Wo sind ihre möglichen Grenzen, worin könnten ihre Gemeinsamkeiten bestehen und wo finden sich gewisse Toleranzpunkte? Wenn wir von der Freiheit in Bezug auf das weibliche oder männliche Geschlecht sprechen, dann sicherlich auch im Hinblick auf eben diese von mir formulierten Fragen. Grundsätzlich meine ich damit, ob in einer sozial gesicherten und aufgeschlossenen, demokratisch regierten Staatsordnung biologische Unterschiede zu politischen oder ökonomischen Unterschieden der Geschlechter abgehandelt werden dürfen. Und wenn schon ja – dann bitte, auf welchen Rechtsgrundlagen sollten sich solche gravierenden Unterscheidungsmerkmale verifizieren und begründen lassen. Allein mit dem göttlichen Schöpfungsakt dürfte das ziemlich schwierig werden. Auch wenn sie ein Gott im kosmischen Himmel entwickelt haben sollte. Die Betonung liegt hier mehr auf *sollte*. Dazu einige Beispiele aus dem gesellschaftlichen Alltag unseres Heimatlandes Deutschland.

Nehmen wir einmal als Erstes die Gleichheit der zu erbringenden Arbeitsleistung von Mann und Frau im Rahmen der gesellschaftlichen Arbeitsteilung gegen Entgelt. Auszuschließen wäre davon allerdings die Arbeit sehr vieler Frauen im Bereich des täglichen Familienunterhaltes, der Zeugung von Nachwuchs und die Kindererziehung. Eine Arbeit, die für den Erhalt der Menschheit von existenzieller Bedeutung ist. Die, wohlgemerkt von den Frauen, ohne jeglichen gesetzlichen Anspruch auf ein monatliches Entgelt auch erbracht werden soll. Auch klar, sonst würde ja die Spezies Mensch vom Planeten Erde aussterben. Schon aus diesem Grund hat der alte Herr im Himmel in tiefgründiger Weitsicht die Eva aus der Rippe Adams nur als *Gehilfin* für den Mann gebastelt. Sonst hätte er sich ja die ganze Mühe mit dem Adam sparen können – versteht sich allemal.

Natürlich gibt es auch Männer, oder besser ich sage so genannte Männer, die meinen sie könnten die Frauen in Gänze ersetzen, aber – eben, es klappt halt nicht. Das hat wohl der alte Herr im Himmel so auch nicht vorgesehen oder - auch das wäre möglich, das weibliche Geschlecht konnte er halt aus Lehm nicht herstellen. So genau weiß man das mit dem Schöpfungsakt nicht und mit der Überprüfung tut man sich halt mächtig schwer – rücksichtsvoll formuliert.

„Ich habe dazu eine ganz klare und unverrückbare Meinung, die fest in meinem Denkzentrum verankert ist, Klaus. Die Antwort auf diese Frage – ist die schöne Rippe Eva nur eine Erfüllungsgehilfin für den Mann? Das kann nur ein klares unverrückbares *Nein* sein. Oder irre ich mich?" „Auf keinen Fall, Bernd. Ich hätte dazu auch so einige handfeste Anmerkungen. Wenn du einverstanden bist, lass ich meinen Gedanken dazu mal freien Lauf." „Einverstanden Klaus!"

Schon der alte Herr im Himmel war sich dessen bewusst, dass es ohne der Weiblichkeit keine Fortpflanzung der eigenen Art geben würde und ein Großteil der täglichen Arbeit einfach liegen bleibt. Also - wir haben dieses Thema ja schon besprochen, schuf er flugs aus eine der Rippen von Adam eine weibliche Gehilfin. Klammerte dabei allerdings in wohlbedachter Voraussicht die Gleichberechtigung zwischen Mann und Frau aus. Daran hat sich bis in unsere Neuzeit nicht allzu viel zu Gunsten der Frauen weltweit geändert. Ok, es ist besser geworden für die Frauen, aber deswegen nicht gerechter.

Konkret meine ich damit, dass eine leicht durchschaubare, zum Himmel stinkende Ungerechtigkeit grüßend am Gehöreingang von vielen Männern vorbei schwirrt, statt sich praktikable Gedanken über die Machbarkeit solcher Umsetzungsprobleme zu machen, die praxisbezogen auch umgesetzt werden sollten. Aus und Punkt!

Die Antwort auf die Feststellung – gleicher Lohn für gleiche Arbeit, scheint offensichtlich und für jeden auch empfindbar zu sein. Es gehört zu unserem Gerechtigkeitsgefühl, dass gleiche Arbeit mit gleichem Lohn belohnt wird. *Nicht sollte sondern soll!*

Völlig zu Unrecht und mit egoistischem Eigennutz verbunden handelt der, der für gleiche Arbeit unterschiedliche Löhne zahlt. Männern viel und Frauen weniger. Verständlich ist die Kritik die zu so einem Verhalten geäußert wird. Was fehlt, ist die konsequente Änderung solcher Zustände. Bevor ich noch etwas zum Problem der Gerechtigkeit der Entlohnung sage, möchte ich auf einige diesbezügliche Inhalte im Alten Testament eingehen.

In der Zeit, in der die Inhalte des Alten Testamentes zur Tagesordnung zählten wusste man sehr genau, wie man mit der Bezahlung von lohnabhängiger Arbeit umgehen sollte. Ich rede hier bewusst nicht von Sklavenarbeit und auch nicht von der Macht der Reichen. Sklavenarbeit und Reichtum bilden sozusagen eine Symbiose. Die Sklavenarbeit erbringen ungewollt viele Sklaven für keine Entlohnung und die Macht der Reichen setzt sich nur aus sehr wenigen Köpfen zusammen, die dafür allerdings über den Reichtum verfügen, den die Sklaven erschuften müssen. – auch klar. Anders funktioniert das ja nicht. Wie heißt es so schön im Volksmund, „Wenn wenige Menschen viel Geld besitzen wollen, muss es sehr viele Menschen geben, die über sehr wenig Geld verfügen.

In fünftens Mose heißt es in den sozialpolitischen Regeln zwar - *„Dem Tagelöhner, der bedürftig und arm ist, sollst du seinen Lohn nicht vorenthalten ..., sondern du sollst ihm seinen Lohn am selben Tage geben, dass die Sonne nicht darüber untergehe - denn er ist bedürftig und verlangt danach"*. Und weiter kann man die Sätze lesen - *„Weh dem, der sein Haus mit Sünden baut und seine Gemächer mit Unrecht, der seinen Nächsten umsonst arbeiten lässt und gibt ihm seinen verdienten Lohn nicht.'*

Ok, lassen wir mal die Bibel beiseite. Klar ist in unserer heutigen Zeit - zuerst beurteilt werden sollte, was mit gleicher Arbeit korrekt gemeint sei? Ist die gleiche Anstrengung oder sind die gleichen Ergebnisse gemeint? Soll nur nach dem zeitlichen Aufwand, der physischen Anstrengung oder dem Ergebnis der Arbeit bezahlt werden? Zugegeben, das sind Fragen, die man bei allen ablaufprozessualen Arbeitsprozessen klären kann ohne dass dabei die Ungleichheit in der Entlohnung von Mann und Frau Berührungsängste auslösen sollten. Und das bedeutet konkret, dass in einer marktwirtschaftlichen Ordnung auf gar keinen Fall Angebot und Nachfrage nach Humankapital - wie arbeitende Menschen hie und da so genannt werden, einen Einfluss auf die Entlohnung von gleicher Arbeit, ob nun von einem Mann oder einer Frau, Einfluss nehmen dürfen. Das für die gesamte Bevölkerung der Erde festzulegen dürfte natürlich nicht leicht sein. Wir leben ja hier in Deutschland – also bitte, geht's noch!

Ich möchte es vorerst dabei belassen. „Möchtest du zu dieser Thematik noch was sagen oder wollen wir uns beide dem Thema Sexismus zuwenden, was ja ebenfalls zu heftigen Diskussionen in der medialen Öffentlichkeit führt. Was meinst du dazu, Bernd?" „Keine schlechte Idee Klaus. Lass mich dazu gleich mal einige Gedanken loswerden." „Ok, einverstanden, Bernd – dann schieß mal los."

Der Sexismus, ich sage mal etwas salopp - *die Fleischeslust*, wird von der meist vorherrschenden Männerwelt sowohl im Privatleben als auch im öffentlich kulturellen Zusammenleben gern zu Gunsten der Männerwelt heruntergespielt. Und wenn dieses unliebsame Thema schon im Mittelpunkt von medialen Diskussionen stehen sollte, folgt in der Regel sofort die Schuldfrage, warum das so sei. Gemeint ist meistens das besitzergreifende verbale und nonverbale Verhalten vieler Männer zur Weiblichkeit, die diesem unzüchtigen Handeln wehrlos ausgesetzt sind. Auch entsprechende Gesetze im Strafrecht, jedenfalls bei uns in Deutschland, helfen da nicht wirklich weiter. Bleibt die Frage – warum ist so ein sexuell abstruses Verhalten bei Männern, natürlich nicht bei allen, so fest verankert. Möglicherweise findet man darauf eine Antwort wieder bei – *erstens Mose*.

„Entschuldige bitte, Klaus, dass ich nochmals auf diesen bärtigen Herrn der Altzeit Bezug nehmen muss." „Ich habe damit keine Probleme, Bernd. Wenn es uns beiden in unserer Diskussion weiter helfen kann oder zum besseren Verständnis führt, schadet es ja nichts. Ok, Bernd, lass dich nicht bremsen."

Wie war das mit dem so genannten *Sündenfall?* Dazu heißt es, und ich zitiere wörtlich -

Und die Schlange war listiger denn alle Tiere auf dem Felde, die Gott der HERR gemacht hatte, und sprach zu dem Weibe: Ja, sollte Gott gesagt haben: Ihr sollt nicht essen von den Früchten der Bäume im Garten? Da sprach das Weib zu der Schlange: Wir essen von den Früchten der Bäume im Garten; aber von den Früchten des Baumes mitten im Garten hat Gott gesagt: Esst nicht davon, rührt's auch nicht an, dass ihr nicht sterbt.

Da sprach die Schlange zum Weibe: Ihr werdet mitnichten des Todes sterben sondern Gott weiß, dass, welches Tages ihr davon esst, so werden eure Augen aufgetan, und werdet sein wie Gott und wissen, was gut und böse ist.

Nicht schlecht diese gegensätzliche Meinung zwischen der geheimnisvollen Verführung und dem gestrengen Herrn und Eigentümer des Gartens, der das ja erst alles erschaffen haben soll – eben soll! Aber, noch etwas Geduld – es wird noch besser, Klaus, also weiter mit diesen doch leicht skurrilen Bibeltexten. Alle Achtung, das muss ich an dieser Stelle noch loswerden - den Autoren solcher Texte mangelte es nicht an ausgefallenen Phantasievorstellungen.
Und weiter mit solch wunderlichen Bibeltexten zum so genannten *Sündenfall.*

Und das Weib schaute an, dass von dem Baum gut zu essen wäre und dass er lieblich anzusehen und ein lustiger Baum wäre, weil er klug machte; und sie nahm von der Frucht und aß und gab ihrem Mann auch davon, und er aß. Da wurden ihrer beiden Au-

gen aufgetan, und sie wurden gewahr, dass sie nackt waren, und flochten Feigenblätter zusammen und machten sich Schürze. Und sie hörten die Stimme Gottes des HERRN, der im Garten ging, da der Tag kühl geworden war. Und Adam versteckte sich mit seinem Weibe vor dem Angesicht Gottes des HERRN unter die Bäume im Garten.

Und Gott der HERR rief Adam und sprach zu ihm: Wo bist du? Und er sprach: Ich hörte deine Stimme im Garten und fürchtete mich; denn ich bin nackt, darum versteckte ich mich. Und er sprach: Wer hat dir's gesagt, dass du nackt bist? Hast du nicht gegessen von dem Baum, davon ich dir gebot, du solltest nicht davon essen? Da sprach Adam: Das Weib, das du mir zugesellt hast, gab mir von dem Baum, und ich aß.

Da sprach Gott der HERR zum Weibe: Warum hast du das getan? Das Weib sprach: Die Schlange betrog mich also, dass ich aß.

Da sprach Gott der HERR zu der Schlange: Weil du solches getan hast, seist du verflucht vor allem Vieh und vor allen Tieren auf dem Felde. Auf deinem Bauche sollst du gehen und Erde essen dein Leben lang. Und ich will Feindschaft setzen zwischen dir und dem Weibe und zwischen deinem Samen und ihrem Samen. Derselbe soll dir den Kopf zertreten, und du wirst ihn in die Ferse stechen.

Und zum Weibe sprach er: Ich will dir viel Schmerzen schaffen, wenn du schwanger wirst; du sollst mit Schmerzen Kinder gebären; und dein Verlangen soll nach deinem Manne sein, und er soll dein Herr sein.

Und zu Adam sprach er: Dieweil du hast gehorcht der Stimme deines Weibes und hast gegessen von dem Baum, davon ich dir gebot und sprach: Du sollst nicht davon essen, verflucht sei der

Acker um deinetwillen, mit Kummer sollst du dich darauf nähren dein Leben lang. Dornen und Disteln soll er dir tragen, und sollst das Kraut auf dem Felde essen. Im Schweiße deines Angesichts sollst du dein Brot essen, bis dass du wieder zu Erde werdest, davon du genommen bist. Denn du bist Erde und sollst zu Erde werden.

Und Adam hieß sein Weib Eva, darum dass sie eine Mutter ist aller Lebendigen. Und Gott der HERR machte Adam und seinem Weibe Röcke von Fellen und kleidete sie. Und Gott der HERR sprach: Siehe, Adam ist geworden wie unsereiner und weiß, was gut und böse ist. Nun aber, dass er nicht ausstrecke seine Hand und breche auch von dem Baum des Lebens und esse und lebe ewiglich!

Da wies ihn Gott der HERR aus dem Garten Eden, dass er das Feld baute, davon er genommen ist, und trieb Adam aus und lagerte vor den Garten Eden die Cherubim mit dem bloßen, hauenden Schwert, zu bewahren den Weg zu dem Baum des Lebens.

Ok, Klaus – bei aller Witzigkeit dürfen wir nicht außer Acht lassen, dass solche Zeilen schon zirka zweitausend Jahre auf dem Buckel mit sich herum schleppen und – so möchte man meinen, die Verfasser im Erzählen von Märchen wohl noch nicht so bewandert waren. Anders die griechischen und die ägyptischen Götter. Da kann sich der christliche Gott schon mehrere Scheiben davon abschneiden. Die hatten wenigstens Witz und Humor. Aber gut, wieder zurück zu diesen – ich sage mal sehr rücksichtsvoll für uns Männer, sexistischen Verhalten.

In der heutigen Fassung des Sündenfalls klingt das bei den Autoren der christlichen Kirche auch nicht mehr ganz so märchenhaft geschwollen und vernudelt. Auch dazu wieder eine passende Erklärung dieser christlich katholischen Glaubensgemeinschaft zu unserem gemeinsamen Diskurs. Für die christliche Theologie wird es wohl mehr als ein *symbolisches Ereignis* beurteilt – ich meine damit diese in der Bibel enthaltenen Sprüche zum so genannten Sündenfall im Garten Eden. Nur kurz angemerkt! Keinem Menschen auf Erden ist bis in unserer heutigen Zeit von Verantwortlichen eben dieser Glaubensgemeinschaft konkret aufgezeigt und nachgewiesen worden, wo - geografisch beurteilt, eigentlich dieser besondere Garten Eden gewesen sein sollte und – so er noch existiert, dann bitte wo? Ich meine, so ein Garten, in dem Äpfel mit ganz ausgefal-lenen Eigenschaften wuchsen, sollte doch von seiner örtlichen Lage her wenigstens bekannt sein.

„Ok, Bernd, lassen wir dieses Thema. Ich denke, es lohnt sich nicht weiter darüber zu diskutieren." „Sag das nicht, Klaus, ich würde zu diesen epochalen Ereignissen im Garten Eden noch etwas ergänzen wollen, oder lenkt dich das zu sehr von deinen Gedanken ab?" „Ok, Bernd, kein Problem – schieß los!"

Nochmals zurück zur Behauptung, der Sündenfall ist mehr als ein *symbolisches Ereignis* zu verstehen. Schön und gut – was sollten wir als gebildete und aufgeschlossene Bürger der Neuzeit von so einer geistig dahingeworfenen *inhaltlichen Nichtigkeit* halten? Wie sollen wir sie letztlich verstehen, so ohne jeglicher sachlicher Erklärung und Begründung – soweit überhaupt möglich?

Deutlich verständlicher wäre es zu sagen, was in der damaligen Zeit von Autoren solcher Erzählungen so dahin gesabbelt wurde und warum sie es taten? Aus unserem heutigen Erkenntnisstand ist so eine Geschichte bezüglich der Vorkommnisse im Garten Eden natürlich ein völliger Unsinn. Diesen zu verbreiten war natürlich nur möglich, weil fast alle Menschen der damaligen Zeit des Schreibens und Lesens nicht mächtig waren. Zur Unterhaltung des einfachen Volkes und dessen feste Glaubensanbindung an den selbstgebastelten christlichen Gott reichte es allemal. Das so klar und unmissverständlich in der heutigen Zeit zu artikulieren, bringen diese Kirchenfürsten natürlich nicht über ihre Lippen. Wäre auch in gewisser Weise ziemlich peinlich für die Herren der christlich katholischen Kirche zugeben zu müssen, in welch schamloser Weise man die einfachen ungebildeten Menschen für ihre eigenen Machtallüren ausnutzte.

Kurz gesagt, was unternehmen diese verantwortlichen, christlichen Kreise? Ja, was wohl! Es wird halt mit einem so genannten *symbolischen Ereignis* abgetan. Es mag ihnen möglicherweise so leichter fallen – vielleicht? Es stärkt gegebenenfalls hinführend auch den falschen Ehrgeiz, der diesen Glaubensfürsten ständig im Nacken sitzt. Aber – eben aber, es entfernt im zunehmenden Maße die Menschen der Neuzeit vom reformbedürftigen, christlich katholischen Glauben. Was der Geldkasse dieser Glaubensgemeinschaft nicht besonders zuträglich sein wird.

All das birgt zukunftsweisend natürlich die Chancen in sich, den geistigen Freiraum der Menschen wohltuend zu erweitern. Möglicherweise! Wäre da nicht der Umstand einer real existierenden Ungleichheit zwischen den Geschlechtern und die geradezu zwanghafte Aufrechterhaltung des täglichen Sexismus durch große Teile der Männerwelt.

Müssen denn Männer, natürlich nicht alle, tatsächlich ständig mit einer nicht nachvollziehbaren Besessenheit daran arbeiten, ihr angeblich bestes Stück zum Mittelpunkt ihres täglichen Umgangs mit dem weiblichen Geschlecht erkennbar werden zu lassen?

Dazu ein simples Beispiel. Wieso greifen viele Männer, auch in der Öffentlichkeit, im Berufsleben oder wo auch immer es ihnen für notwendig erscheinen mag mit einer Hand zu ihrem besten Stück in der Hose? Wie so tun sie das? Es ist völlig unmöglich, dass dieses besagte Körperteil seinen Platz im Lendenbereich verlassen kann. Es ist dort angewachsen – das ist sicher. Bei einer Frau sind solche kontrollierenden Handbewegungen in Richtung ihres Körperteiles im Lendenbereich nicht zu bemerken – nie und nimmer! Es mag ja vorkommen, dass eine Frau, wenn sie sich unbeobachtet fühlt, einen kontrollierenden Griff unter das Kleid oder Rock macht, aber nur um zu kontrollieren, ob sie früh beim Anziehen ihren Slip vielleicht vergessen hatte anzuziehen. Möglicherweise dient die Kontrolle auch dazu, besagten Slip nicht anzuziehen, weil sie mit ihrem Freund etwas vorhat, das nur wenig Zeit in Anspruch nehmen sollte. Und da mag es störend sein, sich erst von der Wäsche trennen zu müssen. Ist ja denkbar – Stichwort Quicki in der Besenkammer und so weiter!

Hat sich denn seit der Zeit der Neandertaler und ihren Artgenossen wirklich nichts geändert? Zumindest kann man mit Blick auf die Fakten Zweifel haben. Bei dem damaligen Leben mit der tierischen Wildnis und der sehr dürftigen Bekleidung kann man ja noch verstehen, dass einige Männer ab und zu einen Griff zu ihrem besten Stück für notwendig hielten in der Erwartung, dass alles noch am Platz hing. Ok, bei den vielen gefräßigen Raubtieren - weiß mans?

Wieder zurück zur Neuzeit und zur Frage, hat sich seit der Urgesellschaft möglicherweise bei der Männerwelt nichts, aber auch gar nichts geändert? Die wirtschaftlichen Kennzahlen sprechen eine mehr als nur deutliche Sprache. Von fairer Gleichbehandlung der Geschlechter kann grundsätzlich noch keine Rede sein, jedenfalls solange nicht, solange Frauen für die gleiche Arbeit unterschiedlich entlohnt werden, deutlich häufiger im Bereich des Niedriglohnsektors beschäftigt werden und man sie in den Führungsetagen großer Unternehmen und in der Politik immer noch wie die berühmte kleine Nadel im Heuhaufen suchen muss. So einfach ist das. Aus und Punkt.

Erstaunlich ist, wie mehrere wissenschaftliche Befragungen eindeutig belegen können, dass Männer und Frauen absolut gleich einschätzen können und genau wissen, wo eine typisch sexuelle Belästigung anfängt. Damit will ich sagen, Klaus, dass große Teile der Männerwelt – jedenfalls gehören wir beide nicht zu dieser Sorte Männer, sehr genau wissen, was sie verbal und nonverbal tun und was sie gefälligst zu unterlassen haben. Trotzdem tun sie es und das nicht ohne Grund, meinen sie jedenfalls. Männer wiegen sich meist in der festen Überzeugung, dass Frauen, natürlich nicht alle, hyperempfindlich, oft bockig und ruppig, hie und da kratzbürstig und launenhaft sind. Außerdem neigen sie mit einer wahren Hingabe dazu, Männern ständig alles vorschreiben zu wollen was sie gefälligst zu tun und was sie zu lassen hätten. Daraus könnte man möglicherweise auch ableiten, dass solche Behauptungen völlig aus der Luft gegriffen sind und letztlich vielen Männern nur als Rechtfertigung für ihr sexistisches Verhalten dienen soll. „Versteh mich bitte nicht falsch, Klaus, das muss so nicht zwingend zutreffen. Es ist möglicherweise nur ein Verdacht von mir.

„Kann schon so sein, Bernd." „Allerdings möchte ich eine Ausnahme in Bezug auf den Sexismus geltend machen." „Welche meinst du, Klaus?" „Ich meine das Flirten." „Ach so – ok, da stimme ich dir zu." „Schau, Bernd - so ein Flirt ist doch ein Spiel, das in den meisten Fällen sowohl von Männern als auch von Frauen genutzt wird, um möglicherweise in einen näheren Kontakt zu kommen oder um sich vielleicht auch näher kennenzulernen. Es geschieht, ohne das von irgendeiner Seite so eine kokettierende Spielerei mit den Augen, verbunden mit einem gewinnenden Lächeln im Gesicht, als mögliche Nötigung oder gar als arge Belästigung empfunden wird.

Wie heißt es dazu im Volksmund so zutreffend – *Der Ausdruck der Augen zeigt das Gesicht der Seele*. Das wird sehr oft auch so wahrgenommen. Die Augen sind wirklich wie ein Spiegelbild der Seele. Und ein lächelndes Gesicht verfehlt selten seine Wirkung auf den der es betrachtet. Das unbedingte Sehen wollen und das Betrachten seiner Umwelt hat zu allen Zeiten die Menschen, ob Mann, Frau oder Kinder unaufhaltsam in seinen Bann gezogen. So spielt der Blickkontakt, nicht nur allgemein beurteilt, sondern auch in der Psychotherapie eine sehr bedeutsame Rolle. Sprechen die Augen im Augenblick der Betrachtung von grauenhafter Angst, oder möglicherweise von angenehmer Erwartung? Ist die Sprache der Augen lebendig oder eher vom Stumpfsinn geprägt? Zu was für einem Menschen gehört dieser Blick? Flüstern die Augen von Trauer und Ratlosigkeit? Oder ist es vielleicht ein Alles-und-Nichts-Blick? Aber gut, mit so einem Blick wäre der Beginn einer kokettierenden Spielerei sicherlich auch gleich wieder zu Ende.

Das Sehen und Betrachten wollen des *Anderen* ist ein wichtiges Moment, um einen ersten Eindruck zu gewinnen. Kaum ein anderes Mienenspiel vermag einen so facettenreichen Ausdruck in ein Gesicht zu zaubern, dass einem vielleicht zusagt oder auch nicht.

Schaut eine Frau oder umgekehrt ein Mann dem anderen Partner in die Augen, kann sie oder er dabei leicht feststellen, ob sich vielleicht eine Beziehung anbahnen könnte oder ob es bei einer belanglosen Plauderstunde möglicherweise bleiben wird. Flirten ist ein beziehungsreiches soziales Spiel, bei dem man sehr viel Fingerspitzengefühl entfalten sollte, so man es hat.

„Ok, Klaus, es gibt aus meiner Sichtweise einen gravierenden Unterschied zwischen einer bloßen *Anmache* und einem *gelungenen Flirt*. Ein gelungener Flirt, um bei dem Begriff zu bleiben ist etwas, bei dem man sich auf den Partner beim Flirten so einschwingen sollte, dass möglichst keine Missverständnisse entstehen können oder besser sollten. Dafür müssten sich allerdings beide Seiten bemühen, dass mehr Achtsamkeit und eine gewisse krippelnde Spannung erhalten bleiben. Insgesamt sollte die Person, mit der geflirtet wird, ein gutes Gefühl dafür entwickeln, möglichst mehr von seinem Gegenüber erfahren zu wollen ohne sich dabei in die Aufdringlichkeit zu verstricken. Damit meine ich, dass einer der beiden Partner seine Ansichten und seine vermutlich vorgefertigte Meinung möglichst nicht so in den Vordergrund der gemeinsamen *Plauderstunde* rücken sollte, so dass dem anderen Partner kaum etwas anderes mehr übrig bleibt als sich verbal zu wehren, um seine Selbstachtung zu schützen und einen eigenen Raum für sich zu behalten." „Oder siehst du das anders Klaus?" „Nein, das sehe ich auch so.

Ok, wieder zurück zu unserem eigentlichen Thema, dem Sexismus. „An dem was du zu den Augen sagtest ist ja wirklich einiges dran. Ok, Bernd, unabhängig davon sollten wir bei unserer Thematik bleiben." „Einverstanden, Klaus. Willst du oder kann ich noch einiges dazu sagen?" „Ok, mach los, mir fällt im Moment nichts Passendes dazu ein!"

Wie wir beide wissen, empfindet nicht jede Frau einen unmissverständlichen Blick bereits als eine so genannte Anmache. Er wird zwar optisch als solcher erkannt, aber gelangt gar nicht erst bis zum geistigen Verarbeitungszentrum. Er wird praktisch unter *Sonstiges* abgespeichert, um die Computersprache zu benutzen.

Bei einer offensichtlichen und auch gewollten Anmache hingegen wird eine Frau mit Nachdruck so direkt angesabbelt, dass sie sich überrumpelt vorkommt, in keinster Weise ernst genommen wird und sie sich in ihre Gefühlswelt verletzt zurückziehen wird. Einer typischen Anmache fehlt das Feinsinnige, Zurückhaltende, das bei einem Flirt vielleicht zu verführerischen Fantasien oder zu begehrenswerten Wünschen führen könnte. Um das rücksichtsvoll im Konjunktiv auszudrücken.

Frauen können von einem Mann angesprochen oder angeschaut werden – Ok, das ist so. Eine solche Begegnung kann vielleicht recht angenehm sein oder auch nicht. Der Unterschied zwischen

Flirten und Anmachen ist manchmal nicht gravierend unterschiedlich. Es kommt darauf an, wie beide Gesprächspartner reagieren und ob sich letztlich daraus eine Anmache oder ein Flirt entwickeln wird. Nicht völlig außer Acht sollte man lassen, wo und zu welchem Zweck solche Begegnungen zweier Menschen stattfinden.

Selbstverständlich geht es um die Freiheit und um die Würde des Menschen, aber auch in gleicher Wichtigkeit um Gerechtigkeit. Beides ist voneinander nicht zu trennen. Es geht um Freiheit und Gerechtigkeit. Punkt und aus!

Schaut man allerdings genauer hinter die geistigen Kulissen des Sexismus, dann geht das in dieser Welt zweifelsfrei um die eigentliche Macht der Männer, natürlich um das geliebte Geld und ganz zuletzt um die Würde und Rechte von Frauen vor dem Hintergrund sexistisch geprägter, patriarchaler Weltanschauungen. Das ist in den verschiedenen Völkern auf unseren Planeten natürlich unterschiedlich gesellschaftlich verfestigt. Die Gründe dafür sind in den Köpfen vieler Männer in dieser Welt des Sexismus zu finden - die, auch das muss gesagt werden, im Schöpfungsakt ihren Ursprung haben. Wer mag schon einem Gott widersprechen wollen – also bitte, geht's noch! Die egoistische Ausnutzung der Frau durch die Männerwelt trägt ebenfalls einen systemischen Charakter. Dahinter steckt die alte, prägende Kultur. Ich meine damit unter anderem den so genannten Sündenfall, um nochmals auf Gottes allgewaltiges Schaffen Bezug zu nehmen, wo bereits festgeschrieben wurde, dass die Frau der *geringere Mensch* sei, deren Dasein dem Zweck dienen soll, dem Mann zu gehorchen und ihm ohne Ausnahme nutz- und verfügbar zu sein. Wobei in der ausnahmslosen Verfügbarkeit der Sexismus seine Wurzeln findet. Auch das muss gesagt werden.

In unserer heutigen Gesellschaft in Deutschland und unserem demokratischen Staatsgebilde ist so ein systemisches Verhalten der

Männerwelt nur schwer vorstellbar und doch wirkt die partiell anzutreffende Geringschätzung der Frau weiter - wenn auch subtiler als in der Vergangenheit – leider! Bedauerlicherweise muss man in diesem Zusammenhang immer wieder feststellen, dass Gottes emsiger Schaffenswille in Bezug auf die Frau als willige Gehilfin des Mannes bis in unsere heutige Zeit reicht. Wie meine ich das.

Es ist für die christlich katholische Kirche nach wie vor signifikant, dass sie unter anderem seit beinahe zweitausend Jahren das weibliche Geschlecht im gebärfähigen Alter zur Gebärmaschine zwecks Aufrechterhaltung der Menschheit abstempelt. Ok, die Familie zu versorgen, also Wäsche waschen, das Haus putzen, Essen für die Familie kochen, die Kinder erziehen und dem Mann beim nächtlichen Karnickeln im Bett behilflich zu sein, lassen wir mal außerhalb unserer Beurteilung. Ein wichtiger Grundsatz in dieser Glaubensgemeinschaft hält sich bis in unsere heutige Zeit tapfer in den Köpfen ihrer verantwortlichen Kirchenfürsten – das ist kein Witz! Sinngemäß heißt es da -

„Wenn die Frau nicht zur Hilfe des Kindergebärens dem Mann gegeben ist, zu welcher Hilfe dann? Zu allem anderen ist doch der Mann dem Mann eine bessere Hilfe. Wie viel angenehmer ist es, wenn zwei Freunde zusammen wohnen, als wenn Mann und Frau beieinander wohnen".

Die offizielle Meinung von Bischöfen hier bei uns in Deutschland stützt sich auf feste Grundsätze des Papstes und seiner Erfüllungsgehilfen. Die Bischöfe drücken es nur verletzender aus. Sie sind es, die sich derartig an die Unterdrückung der Frauen gewöhnt haben, dass sie in ihrer mangelnden Bildung, was die Kulturgeschichte anbelangt, sogar der Meinung sind, das Christentum sei eine erlösende Befreiung der Frau gewesen. Über so einen geistigen Unfug kann einem das Lachen vergehen. Wenn jemals eine Befreiung der Frau vom Joch des Mannes geschah, dann bestimmt nicht durch die christlich katholische Kirche, sondern trotz der sturen Haltung ihrer selbst und schon gar nicht in den heiligen Hallen dieser ach so segensreichen Glaubensgemeinschaft. Bleibt eine wichtige Frage noch offen. Welche grundsätzlichen Veränderungen in der geistigen Auffassung zum Thema - *Frauen in unserer Gesellschaft,* müssten in dieser christlich katholischen Kirche zwingend auf den Weg gebracht werden und welche positiven Reaktionen zugunsten der Frauen sollten von Seiten der Verantwortlichen in dieser Glaubensgemeinschaft erfolgen, um Veränderungen auf den Weg zu bringen? Die Frage ist von mir gut gewählt. Allerdings wird es eine Antwort und vorallem Änderungen zu diesem Thema nicht geben. Ich bin dessen sicher, dass die Verantwortlichen dieser christlich katholischen Kirche sich infolge ihres pseudotheologischen Hirngespinstes - ich meine damit das Zölibat - ihren Blickwinkel für die reale Welt des gemeinsamen, gleichberechtigten Zusammenlebens von Männern und Frauen total vernebelt hat. Für diese verantwortlichen Männer des christlichen Glaubens sind Frauen nur zur Fortpflanzung ihrer Männerkirche nötig. Davon sind diese Herrn auch noch fest überzeugt und weil das so ist, handeln sie danach.

Diese Kirchenfürsten leben in einem monosexuellen, und frauengeschützten Junggesellenreservat, in das nur die Jungfrau Maria noch Zutritt hat. Denn Maria ist zwar fruchtbar - man denke dabei an die unbefleckte Empfängnis und – eben deshalb doch rein. Ok, wenn das alles nicht so ernst wäre, könnte man sich darüber tot lachen. Wie können sich solche Sätze im Gehirn von Menschen einen dazu passenden Raum schaffen und ihn auch noch bewohnen wollen?! Man könnte meinen, Männer haben bei allen ablaufprozessualen Beziehungsritualen, die sich im Zusammenleben von Mann und Frau ergeben, ein neuralgisches Fehlverhalten.

„Dazu gibst du mir ein passendes Stichwort, Klaus." „Inwiefern!" „Ich meine, es lohnt sich einen näheren Blick auf die so genannte herrschende Person Mann zu werfen, ob er wirklich das ist was er meint zu sein. Ich denke, dieser Frage könnten wir uns möglicherweise mental verständlicher nähern, wenn wir Ivon und Susan mit in das Thema einbeziehen würden. Ich habe schon einmal mit Susan diese Thematik vorsichtig angesprochen, um etwas Licht in diese scheinbare Problemstellung zu bringen. Wie denkst du darüber?" „Ok, ich bin deiner Meinung. Beziehen wir Susan und Ivon in das gewiss nicht uninteressante Thema mit ein."

Männer und ihre Karnickelei

„In unserer Zeit hat der Geschlechtsverkehr nur mehr die Bedeutung eines Händedrucks in der Horizontalen."

Doris Lessing

„Ein Quickie ist ein kurzer „Zwischenfall" der so viel Zeit benötigt, um diesen Satz zu schreiben. Und das Resultat?

Der Mann ist befriedigt und die Frau kann mit ihrer Körperpflege von vorn beginnen.

Und was ist mit ihren Schmetterlingen? Die schlafen ungestört weiter. Sie sind ja durch die Karnickelei des Mannes daran gewöhnt."

Dietmar Dressel

Entschuldige bitte, Bernd. Ich unterbreche dich äußerst ungern bei unserem spannenden Thema. Kann es möglich gewesen sein, dass eben leise wehend mein Name an meinem Ohr anklopfte?" „Ok, dann schau mal zur Wohnungstür."

„Sag mal, meine liebe Susan, wo kommst du denn so plötzlich und unerwartet her und Ivon wird vermutlich auch in deiner Nähe sein. Mit euch beiden haben wir eigentlich noch nicht gerechnet?" „Wo solln wir schon herkommen? Katrin, unsere gemeinsame Freundin vom Fitnessstudio, musste unplanmäßig in den Nachtdienst. Ok, was blieb uns anderes übrig als wieder nach Hause zu euch beiden liebevollen Männern zu flitzen. An der Wohnungseingangstür hörte ich, wie mein Name in eurem Gespräch erwähnt wurde und das mach te mich natürlich wachsam. Äußerst rücksichtsvoll gesagt! Al-so, mein lieber Schatz, welches Problem bedrängt euch beide aus tiefster Seele oder woher auch immer, dass ihr das quietschende Öffnen der Wohnungstür überhören konntet?" „Bernd und ich debattieren im Moment ziemlich eifrig unter anderem die Frage, ist Gott, also dieser leicht ergraute ältere Herr im Himmel, möglicherweise eine gutaussehende charmante Frau? Und wenn ja, warum würde sie vielleicht, im Gegensatz zu einem göttlichen Mann, ständig mit uns Menschen sprechen wollen? So aus Jux und Tollerei kann das ja kaum gewollt sein. Schließlich und endlich hat so eine sprachgewandte Göttin auch noch andere Aufgaben zu erledigen – ich mein ja nur. Dazu fällt mir noch ein, dass so eine Göttin nicht nur sehr sprachgewandt sein müsste, sondern auch eine große Anzahl von Sprachen und Dialekte der Erdbevölkerung beherrschen sollte. Ansonsten würde es mit der Verständigung ziemlich schwierig werden. Gelinde ausgedrückt. Nicht auszudenken, wenn sie auch noch körperlich denkende Lebewesen der höheren geistigen Ordnung auf anderen bewohnbaren Planeten betreuen sollte. Das wird anstrengend. Auch für eine Göttin.

Zugegeben, es ist eine in den göttlichen Himmel gehauchte Hypothese, eine gewagte Spekulation. Und da brachte ich dich ins Spiel, mein Schatz. Du sprichst ja, selbst bei gewissen nächtlichen Entspannungsübungen im Bett gleich in welcher Lage wir beide uns gerade bewegen, ständig mit mir." „Das hat auch seinen Grund, Klaus." „Ach was, ist das wahr?" „Aber ja!" „Ehrlich gesagt, liebe Susan, dass findet keinen passenden Weg in mein Denkzentrum. Also, ich verstehe das wirklich nicht!" „Ok, da gibt es nichts *Großes* zu verstehen, mein Schatz. Anstatt einen liebevollen Blick in meine Augen zu riskieren, treibst du deinen Karnickel im unteren Bereich deines Körpers an, mal bei mir so richtig loszulegen. Auch wenn dabei die Gefahr bestehen sollte, dass dein Karnickel vor lauter Rammelei an meinem Rücken wieder rauskommen wollte." „Na und? Ich denke, das macht dir Spaß." „Spaß? Du warst schon mal witziger. Würdest du bei dieser Karnickelei einen aufmerksamen Blick in meine Augen wagen, anstatt dich für kurze Zeit mit deinem

Karnickel zu beschäftigen, könntest du vielleicht bemerken, wie meine Schmetterlinge im Bauch bestenfalls und ich sage nicht nur bestenfalls sondern ich meine auch bestenfalls, noch einen ihrer zarten Flügel heben wollten, um dann aufgrund der Kürze der Zeit hoffnungslos und sehr traurig in sich zusammenzufallen."

„Ok, das hört sich für mich natürlich nicht so gut an. Und was hat das bitte mit deinem auf mich einstürmenden Wortschwall zu tun, der während der Karnickelei, wie du das so nennst, ohne Unterlass auf mich niederprasselt?" „Aber Klaus, das unterscheidet uns von euch Männern. Ihr denkt nur an euch. Wenn man mal von einigen liebevollen Ausnahmen absieht. Und was noch verwerflicher ist - ihr meint auch noch im Brustton unverrückbarer Überzeugung, dass solche Sekundenritte uns Frauen sinnliche Freuden bereiten würden. Ok, ein Quicki in einer schummrigen Besenkammer – ja gut, kann schon Spaß machen. Dahinter steckt meistens mehr die Sorge möglichst nicht auf frischer Tat erwischt zu werden. Für lange Sexspiele, und damit meine ich keine Karnickelei im Sekundentakt, ist eine Besenkammer nicht besonders geeignet. Nochmals zurück zu meiner Plauderei bei gewissen Sexspielen mit dir.

Praktisch – so wie wir Frauen denken, verwickle ich dich während der beginnenden Karnickelei in ein Gespräch, das einen erheblichen Teil deines freizeitlichen Lebens ausfüllt. Also Fußball oder Gartenarbeit, um nur zwei davon auszuwählen. Kaum erwähne ich zum Beispiel Fußball - konkret die ständigen Fehlentscheidungen des Schiedsrichters beim letzten Spiel unseres Ortsvereins gegen den Sportverein der Nachbargemeinde, ändert sich schlagartig der Bewegungsrhythmus deines Karnickels. Manchmal sogar bis zum Stillstand. Gut für meine Schmetterlinge, sich endlich das nehmen zu können, nach was es sie so gelüstet." „Ach nein, na auf so einen Gedanken muss man erstmal kommen." „Hat dir das bis jetzt geschadet, mein Schatz?" „Wenn du mich so fragst, eigentlich nicht. Ich habe nur manchmal das Gefühl, du interessierst dich mehr für

Fußball als für die Gefühlswelt in deinem Unterleib." „Da irrst du dich gewaltig, Klaus. Wir Frauen müssen nicht ständig vor angeblicher Lust die halbe Welt zusammenschreien, nur um unseren liebeshungrigen Schmetterlingen im Bauch viel Freude zu schenken. Verstehst du wie ich das meine, Klaus?" „Es tickert langsam, Susan. Wir sollten heute Nacht das mal ohne Fußball probieren." „Hätte ich nichts dagegen, aber lass bitte deinen Karnickel im Stall."

„Entschuldige bitte, Bernd, dass ich in deine Intimsphäre eindringen möchte. Zu welchen „Hilfsmitteln" greift Ivon in den gewissen Stunden bei euch beiden, damit der Karnickel im Stall bleibt?" „Na, Stunden! Wir wollen mal nicht gleich übertreiben, Susan. Ivon versenkt ihre Finger samt der langen Fingernägel in meine Pobacken dann, wenn sie spürt, dass es bei mir „brenzlig" werden könnte." „Aha, auch nicht so schlecht!" „Zum Thema Sex mit der Freundin meinte meine Mutter mal so nebenbei – so ein intimes Austoben zu zweit im Bett wäre vordergründig ja mehr eine richtige körperliche Anstrengung - auch klar. Das beste Stück an uns Männern sollte ja wachsen und nicht eingehen, jedenfalls nicht gleich. Aber – eben, manchmal empfiehlt es sich, so meinte meine Mutter, das Denkzentrum mit einzubeziehen, nicht nur das erforderliche Körperteil des Mannes. Wenn es bei dieser Rangelei beginnen sollte *kritisch* für den Mann zu werden, also wenn es im Lendenbereich anfängt so eigenartig zu killern, sollten sich die aufgewühlten Gedanken des Mannes nicht unbedingt um sein bestes Stück kümmern. Besser wäre es, er denkt an Fußball oder an seine Aktien oder daran, wann er von seinem Vater eine Ohrfeige bekam. Eben an alles, was ihn in diesen Minuten der Lust geistig ablenkt und dem Lustgefühl entgegenwirkt." „Danke, Bernd! Ich muss schon sagen, du hast eine bemerkenswerte aufgeklärte Mutter, was ich von meiner lieben Mama nicht behaupten kann. Sie hat mir zwar eine Menge über das Leben erzählt, aber die Sexualität zwischen den Geschlechtern hat sie immer äußerst diskret ausgeklammert. Ich weiß nicht warum, aber jeder Versuch von mir, unsere Gespräche auf das Thema zu lenken, mündete meist in irgendwelchen Affären von bekannten Fürstinnen, Sängern und Schauspielern – leider."

„Meine liebe Ivon, als meine beste Freundin hättest du mir ja mal einen Tipp geben können, damit ich bei meinem lieben Klaus was ausprobieren kann. Immerfort nur über Fußball und Gartenarbeit beim Sex reden, nur damit der Karnickel von meinem lieben Schatz nicht wie wild herumrammelt, ist auch nicht so das Wahre." „Entschuldige bitte, Susan. Bei unseren nächsten Gesprächen lassen wir das Thema Joga und Fitness mal links liegen und widmen uns verbal den liebevollen Sexspielen." „Ok, Ivon, so machen wir das."

„So – und jetzt erstmal Schluss mit dem Thema. Ihr wollt euch ja bestimmt noch über den weiblichen Gott unterhalten. Aber bitte nicht so laut und nicht stundenlang. Klaus will ja heute Nacht ohne seinen Karnickel noch in mein Bett huschen und da wartet jemand sehnsüchtig auf das was ohne Fußball oder Gartenarbeit alles so passieren könnte oder vielleicht auch wird."

„Ok, Susan, ich verspreche dir als dein Freund, ich werde mich gemeinsam mit deinem Schatz kurz fassen." „Danke Bernd! Also, dann gute Nacht ihr zwei Hübschen." „Gute Nacht Ivon und Susan!" Klingt es bei Bernd und Klaus wie aus einem Mund.

Männer und so genannte Männer

Sollte ein Mann noch so gelehrig sein wollen um die Welt zu erkennen, seine Frau zu verstehen wird ihm nicht gelingen.

Dietmar Dressel

Wenn jemand bei einem Manne liegt wie bei einer Frau, so haben sie getan, was ein Gräuel ist, und sollen beide des Todes sterben.

3. Mose 20,13

„Sag mal, Bernd!" Versucht Klaus ihr aktuelles Thema - *ist der ältere Herrscher von Himmel und Erde möglicherweise eine Frau* - auf andere Gesprächsinhalte zu lenken. Was ihn momentan brennend interessieren würde ist nicht so sehr das Gottesgeschlecht, also die Frage, ist Gott ein Mann oder vielleicht eine Frau? Sondern vielmehr die Frage, ist ein Mann von Natur aus - also sowie vom himmlischen Gott aus Lehm und Wasser geschaffen - ein wahrer Mann? Oder ist er mehr ein scheinbar männlicher Körper, der aus einem halben Mann und einer halben Frau entstand?"

„Frag mich nicht solche Sachen, ich weiß es nicht, Klaus. Soviel ich erfahren konnte, sind in den kleinsten Bausteinen des Lebens, trotz aller wissenschaftlichen Untersuchungen, derartig lebensfremde Applikationen nicht festgestellt worden. Jedenfalls bis heute nicht. Möglicherweise, auch das kann durchaus zutreffend sein, fehlen solchen *Halbmännern* nur einige Ziegel vom Dach oder eine Menge Latten an ihrem Gartenzaun? So genau ist das ebenfalls noch nicht erforscht." „Ok, Bernd, ich erkenne deinen Unmut zu diesem Thema. Lass mich noch einige Sätze dazu sagen." „Ok, Klaus, lass dich durch mich nicht aufhalten."

Wenn dieser so genannte Mann kein richtiger Mann, also so ein *Halbmann* sein möchte, sein will oder sein könnte, und sich nur in diesen Lebenskreis anerkannt aufgehoben fühlen mag, wird ihm vermutlich die körperliche Nähe zu einem weiblichen Korpus nicht so angenehm sein. Möglicherweise wird ihm die hübsche Weiblichkeit sogar zu wider sein? Sollte so eine verlockende nackte Weiblichkeit womöglich den Mut aufbringen in sein Intimbereich eindringen zu wollen, könnte das eventuell einen heftigen Brechreiz bei diesem Halbmann auslösen, weiß mans? Wenn nicht, wird sich so ein halber Mann und eine halbe Frau in einem Körper mit Sicherheit energisch gegen jeden Versuch zur Wehr setzen, damit die von der Lust getriebenen zarten Frauenhände nicht in die Nähe seines besten Stückes gelangen. Es sei denn, ein anderer Halbmann möchte sich voller Inbrunst innig in sein Gesäß verlieben. Ok, das darf er natürlich. Eigentlich soll er das sogar. Auch klar! Letztlich ist das Gesäß eines Halbmannes und dessen wollüstiger Innenbereich eine wahre Lusthölle für eine wonnige geschlechtliche Vereinigung. Ok, böse Zungen in der Bevölkerung meinen, dass sie mangels biologisch bedingter Möglichkeiten auch keine andere Wahl haben, als ihr bestes Stück im Gesäß eines Halbmannes zu versenken.

Natürlich muß so ein Halbmann auch darauf achten, dass letztlich der Innenbereich eines Gesäßes auch für die Ausscheidung der körperlichen Exkremente zuständig ist. Das kann bei auftretenden Verdauungsproblemen, also zum Beispiel Durchfall, zu einigen Komplikationen beim Versenken des besten Stückes im Gesäß führen. Wenn ich das rücksichtsvoll anmerken darf. Ein praktikabler Lösungsweg für den störungsfreien Analverkehr wäre möglicherweise das so genannte *Enterostom*. Im Volksmund wird das auch als ein künstlicher Darmausgang bezeichnet. Das mag für den täglichen Stuhlgang bei Halbmännern schon erheblich lästig sein. Ok, ist allerdings für den regelmäßigen lustvollen und vor allem störungsfreien Analverkehr deutlich vorteilhafter. Und es wäre, aber das ist meine rein private Meinung, deutlich reinlicher. Ich mein ja nur.

Natürlich wäre es praktischer gewesen, hätte die biologische Entwicklung des Mannes die Entstehung eines Halbmannes vorhergesehen. Dann würde möglicherweise bei dieser Art Mann auch noch andere Möglichkeiten des Versenkens ihres besten Stückes machbar sein. Aber - eben, ist von der Evolution wohl so nicht akzeptiert worden. Und der Herr im Himmel hat gegen so genannte Halbmänner sowieso eine grundsätzliche Abneigung – weil, eben weil!

Warum verhält sich so ein Halbmann so entsetzlich wiedersinnig gegen den Willen der Schöpfung? Ok, warum eigentlich?" „Gute Frage von dir, Klaus. Schließlich ist die Frau ein Teil der Schöpfung Ein Halbmann ist das auf keinen Fall. Jedenfalls ist das meine Meinung. Der Mann Adam wurde aus Lehm und Wasser von Gott zusammengebastelt, das er sich alles zusammen vermutlich aus dem *Nichts* holte. Die Frau Eva baute er als Gehilfin für Adam aus einer seiner vielen Rippen zusammen. Blieb ja nichts mehr zwingend übrig, um weiter herumzubasteln, damit sich die Menschheit entwickeln konnte. Gott unterstrich das mit dem wegweisenden Satz – *seid fruchtbar und vermehret euch*. Wozu braucht man dafür Halbmänner? Also bitte – bei dieser sonderbaren Spezies wird nichts mit der Fruchtbarkeit und mit dem Vermehren gleich gar nichts. So einfach ist das. Punkt und aus die Maus!" „Sehr zutreffend von dir gesagt, Bernd. Außerdem kann man das auch alles im Schöpfungsakt nachlesen. Wer ja auch verrückt, hätte der Herr des Himmels und der Erde anstatt Adam und Eva halt nur Adam und Adam geschaffen. Dann wäre unsere schöne Erdoberfläche halt nur mit Pflanzen und Tieren besetzt. Aber gut, das muss man nicht überdenken. Gott war ja nicht dumm. Na wirklich nicht. Hinter ihm versteckten sich ja die, die ihn erschaffen haben. Und das waren sehr kluge Köpfe. Noch dazu in einer Zeit, wo es mit dem Wissen nicht gerade zum Besten stand. Er, also dieser Gott, wollte ja die Erde auch mit Menschen bevölkern, sonst hätte er sich die ganze Arbeit mit dem Lehm und der Rippe sparen können.

Um das klar anzumerken. Der erste Mann, also dieser Adam aus dem Garten Eden, war zweifelsfrei ein Mann. Schon auch daran erkennbar, dass er sich ziemlich wollüstig an die Eva ran pirschte um – eben um. Das war zwar nur seine Gehilfin, trotzdem taugte sie scheinbar ganz trefflich für solche Karnickeleinen des Mannes. Böse Zungen behaupten, das hätte sich auch bis in unsere heutige Zeit nicht wesentlich geändert. Wieder zurück zu dieser Spezies Halbmänner." „Ok, Bernd, magst du dazu noch was sagen, oder soll ich weitererzählen?" „Ehrlich gesagt, Klaus, das Thema ist nicht so mein Ding. Also, lass dich nicht bremsen."

Der Volksmund in unserer heutigen Zeit bezeichnet solche so genannten Männer schlechthin als Schwuchteln. Ok, für die Fortpflanzung und damit für den Erhalt der gesamten Menschheit völlig unbrauchbar. Was denkt sich ein erwachsener Mensch unserer heutigen Zeit, also in meinem Fall ein Mann im besten, so genanntem Mannesalter, gegebenenfalls fest verankert in einer möglichen führungsverantwortlichen, staatspolitischen Spitzenposition, meinetwegen im Ministerium für Wirtschaft und Finanzen, Arbeit und Soziales oder im Außenministerium, wenn er sich als Mann in seinem Sexualverhalten dem Geschlecht der Halbmänner zugehörig fühlt?"

„Ich verstehe nicht, Klaus, was du mir sagen willst?" „Na, wenn er halt stockschwul ist!" „Ach so - und was soll daran so komisch sein? Homosexualität wird doch nicht mehr strafrechtlich relevant verfolgt und steht nicht mehr unter Strafe. Lass sie halt machen, was sie für sich selber so erlebnisvoll empfinden. Ehrlich gesagt, solange sie mir nicht an die eigene Wäsche gehen, ist mir das ziemlich wurscht.

Apropos wurscht! Ich glaube, die meisten Menschen nehmen an, oder unterstellen gar, dass sich diese Schwuchteln möglicherweise innig lieben - so, wie das zwischen einem Mann und einer Frau der Fall ist. Mit solchen grundsätzlichen Gefühlen, die in den Charaktereigenschaften der Menschen, und überhaupt bei allen denkenden körperlichen Lebewesen der höheren geistigen Ordnung verankert sind, hat das nichts zu tun. Und zwar überhaupt nichts!!! Man kann das drehen und wenden wie man möchte, es passt nicht zusammen. Lass dir kurz erklären wie ich das meine." „Ok Bernd, dann lass mal hören wie du darüber denkst."

Von Friedrich Wilhelm Nietzsche stammt der Satz - *Das Wissen um richtige Freundschaft ist der Frau nicht gegeben, sie kennt ausschließlich nur die Liebe.*" „Jetzt meckere nicht, dieser bemerkenswerte Satz stammt von Nietzsche und nicht von mir. Und noch einen bemerkenswertes Gedicht über die Freundschaft von Khalil Gibran.

Euer Freund ist die Antwort auf eure Nöte. Er ist das Feld, das ich mit Liebe besät und mit Dankbarkeit erntet. Und er ist euer Tisch und euer Herd. Denn ihr kommt zu ihm mit eurem Hunger, und ihr sucht euren Frieden bei ihm. Wenn euer Freund frei herausspricht, fürchtet ihr weder das "Nein" in eurer Gedanken, noch haltet ihr mit dem "Ja" zurück. Und wenn er schweigt, hört euer Herz nicht auf, dem seinen zu lauschen. Denn in der Freundschaft werden alle Gedanken, alle Wünsche, alle Erwartungen ohne Worte geboren und geteilt, mit Freude, die keinen Beifall braucht.

So, und weiter mit dem was ich meine!

Darin, also in diesem Satz von Nietzsche, liegt ein hell leuchtender Funken Wahrheit. Die Liebe zwischen Mann und Frau ist geprägt von der Liebe zueinander – auch klar - plus, und ich sage bewusst „plus", der Sexualität zwischen den „Beiden". Die Humanbiologie, im engeren Sinne meine ich damit die Biologie des Menschen und aller denkenden körperlichen Lebewesen der höheren geistigen Ordnung, betrachtet die Sexualität dieser von mir genannten Spezies, hinsichtlich ihrer Funktion bei der Neukombination von Erbinformationen im Rahmen der geschlechtlichen Fortpflanzung, die bei einer reinen „Freundschaft" völlig außen vor bleibt. Auch verständlich! Wie sollten sich, bei allem „Sexgehabe", Frauen und Frauen und Halbmänner und Halbmänner fortpflanzen wollen? Wirklich sehr witzig! Die Sexualität dient doch, bei allem was ihr möglicherweise alles angedichtet oder angeheftet wird, ausschließlich der lustvollen und notwendigen Fortpflanzung der eigenen Spezies. In meinem Fall der Spezies Mensch. Das ist mit Sicherheit auch bei anderen denkenden körperlichen Lebewesen der höheren geistigen Ordnung der Fall und macht in der Tierwelt keine Ausnahmen. Was guckst du mich so komisch an, Klaus?" „Ach nichts – mach weiter!"

Also Klaus, du warst auch schon mal witziger! Ehrlich gesagt, ich mag diese Art von so genannten „Männern" oder Halbmänner", wie du sie bezeichnest nicht besonders. In der Öffentlichkeit, vor allem dann, wenn Fernsehkameras in der Nähe sein sollten, stolzieren sie, also diese Halbmänner, bunt und grell wie ein Hahn auf dem Misthaufen herum. Und ihre Aussprache – na danke, auch so ein Lacher! In den meisten Fällen ähnelt ihr Gesabbel der Aussprache eines Kleinkindes, oder eines leicht sprachlich behinderten Menschen. Von der irritierenden, artenreichen Gestik, die ihren Redeschwall begleitet, möchte ich gar nicht reden. Aber gut, so sind sie nun mal, diese prachtvollen Halbmänner. Ok - weiter mit dieser Schwuchtelei – und bitte auf gar keinen Fall verwechseln mit Männerfreundschaften. Wir beide sind ja auch schon seit langem eng befreundet, ohne dabei gemeinsam das Bett zu teilen. Das machen wir mit unseren Freundinnen – versteht sich!"

Apropos Männerfreundschaften! Lass mich dazu etwas weiter ausholen, Klaus" „Dann hol mal, Bernd, bin gespannt was dabei rauskommt wird!"

Aus meiner Sicht unterscheidet sich eine richtige Männerfreundschaft, so von *Kumpel zu Kumpel* und „gemeinsam durch dick und dünn und so dadurch, dass sie die Sexualität in die voreheliche und eheliche Beziehung zwischen Mann und Frau einordnet, sowie von der Schöpfung gewollt. Die, also die Sexualität, hat in einer Männerfreundschaft grundsätzlich keinen Platz. Wird sie doch zum Bestandteil in so einer Beziehung, ist das keine freundschaftliche Verbindung zwischen Männern, sondern ein recht dubioses Verhalten von Halbmännern, was mit einer Männerfreundschaft nicht einmal ansatzweise in Einklang zu bringen ist. Wie meine ich das bezüglich Männerfreundschaften?

Schon in der Geschichte der Menschheit galt eine Freundschaft als eine reine Männerangelegenheit. Frauen, so meinten einige Philosophen, seien zu so engen Beziehungen, wie sie eine wahre Männerfreundschaft voraussetze, gar nicht fähig. Diese etwas einseitig gefasste Meinung hat sich Gott sei Dank in der heutigen Zeit bei der Bevölkerung in vielen Industrieländern geändert.

Für die Beurteilung von Männerfreundschaften eigneten sich die Helden aus den klassischen Romanen der vergangenen Jahrhunderte von Alexandre Dumas, wie zum Beispiel im Roman - *Die drei Musketiere*. Der Autor erzählt von D'Artagnan und seinen drei Freunden Athos, Porthos und Aramis, die zu Beginn des siebzehnten Jahrhunderts in der Garde der Musketiere für den französischen König gemeinsam kämpften. Der Roman wurde immer wieder verfilmt und dabei verändert. An dem geradezu mythischen Trinkspruch jedoch, der die treue Männergemeinschaft zusammenschweißte, kam kein Regisseur vorbei - *Einer für alle und alle für einen!*

Männer brauchen Freunde. Meinen jedenfalls so manche Therapeuten. Gefestigt werden Männerfreundschaften besonders dann, wenn Männer erhebliche gesundheitliche Probleme haben, die ehelichen, nichtehelichen und außerehelichen Beziehungen zur Weiblichkeit leicht kriselig werden sollten oder sie in ihrer beruflichen Laufbahn an Grenzen stoßen. In solch einem Krisenszenario suchen Männer, natürlich nicht alle, Unterstützung und Hilfe und merken dabei oft schmerzlich, wenn es keine wirklichen Freunde geben sollte. Wenn sie nur *so genannte Freunde* haben, mit denen sie möglicherweise beim Bier und Schnaps nur über Sport reden, Witze reißen oder sich mit den üblichen Alltagsaktivitäten verbal auseinandersetzen wird ihnen bewusst, dass eine Männerfreundschaft schon etwas Besonderes sein sollte und auch ist.

Der beste Freund ist meist ein wertvolles Überbleibsel aus den Kindheits-und Jugendtagen, aus der gemeinsamen Schulzeit oder aus zusammen durchstandenen Pubertätsgeflechten. Doch wenn sich die schulischen und beruflichen Wege trennen, kommt es meistens zum Bruch. Der überwiegende Teil der Männer ist bestrebt, die zarten und hingebungsvollen Bindungen an die holde Weiblichkeit auszubauen. Apropos „Weiblichkeit" um wieder etwas näher an das Thema Halbmänner und ihre sexuelle Vorliebe für einen strammen Männer Po zu rücken."

„Also Bernd, du nun wieder, also gut, dann mal Wäsche hin oder her wie du so schön sagst. Stell dir vor, deine Freundin Ivon dreht sich mal, bei so gewissen Stunden im Bett, auf den Bauch und fordert dich auf, mit deinem besten Stück den Innenbereich ihres Gesäßes etwas näher zu inspizieren. Etwas diskret formuliert. Entschuldige bitte, Bernd, ich weiß nicht, wie ich das anders ausdrücken soll. Das ist doch pott eklig, widerwärtig und abstoßend! Das ist doch abartig, echt abartig! Allein schon bei solchen Gedanken wird mir hundeelend." „Das sehe ich auch so, Klaus! Auf den Bauch dreh ich Ivon schon mal bei Gelegenheit, wenn sie mag. Aber da gibt es ja Gott sei Dank noch ein anderes, und sehr einladendes „Körperorgan" zum gemeinsamen - na und so! Das will ich nicht weiter mit dir diskutieren, Klaus. Dieses wunderbare Organ ist ja - etwas romantisch formuliert – dass Paradies der Schmetterlinge und ganz sicher nicht die Stelle, wo sich die Fäkalien eines Menschen einen Weg nach außen suchen. Stell dir mal den Geruch im Bett von zwei Halbmännern vor? Igitt, igitt, pfui Deibel. Einfach widerlich! Aber in der Öffentlichkeit, und besonders im Beisein des Fernsehens in Anzug und Krawatte den eleganten Feinemann spielen. Nach dem öffentlichem Theater dann nachts im Bett sich in den Abfällen des menschlichen Körpers angeblich lustvoll lümmeln. Also ehrlich, Klaus, diesen Halbmännern fehlen doch so ziemlich alle Latten am Zaun. Ok, man muß ja solche abartigen Schweinereien nicht unbedingt nachmachen." „Sehe ich auch so, Bernd."

Während Klaus sich mit seinem Weinglas beschäftigt, muß Bernd noch gedanklich ein paar Minuten bei dem Thema verweilen. Es will ihn so schnell nicht wieder loslassen.

Einmal angenommen, ein Politiker unserer Republik ist schwul, sagt das öffentlich und steht auch dazu. In seinen öffentlichen Reden, im Bundestag oder über die Presse lässt er sich in abwertender Weise mal so ganz locker über das gewaltige Heer der so genannten Arbeitsunwilligen unserer deutschen Nation aus. Sie wären im hohen Maße schmarotzerhaft und ein spürbar schwaches Gegenstück zu unseren fleißigen und emsig schaffenden Leistungsträgern.

Würde eigentlich gern mal wissen wollen, muss Bernd grübeln, was er mit solchen Behauptungen wirklich meint? Oder denkt er bei diesen Moralpredigten überhaupt nicht nach, und labert einfach so drauf los, des Laberns wegen?

Und die im Brustton der Überzeugung geklopften Moralsprüche sollen ja vom Volk so verstanden werden, auch wenn er sie, möglicherweise, nur aus polemischen Gründen so daher sabbelt.

Nimmt man den Inhalt seiner Sprüche näher in Augenschein, ohne sie einer ernsthaften Überlegung zu unterziehen, könnte man schon zu diesem Schluss kommen, ausschließen kann man es zumindest nicht.

Irgendwie klingt das alles auch unsachlich, und sehr daher geholt. Gegebenenfalls sehen Halbmänner bestimmte Sachverhalte völlig anders. Zumindest wenn es um das moralische Verhalten von nicht schwulen Männern geht. Allerdings kommt es vor, auch das gehört zu diesem Verhalten von Halbmännern, dass, sollte sie eine unheilbare Krankheit treffen, sie wundersam in ihrem Geist geheilt, ihr eigenes politisches Verhalten sehr kritisch betrachten.

Oder ist Homosexualität etwas völlig Normales und so von Gott geschaffen wie Adam und Eva? Was treibt einen Halbmann in die Arme eines anderen Halbmannes? Ohne dabei den Begriff Halbmann näher zu beurteilen!!! Eine echte Männerfreundschaft ist mit Sicherheit nicht das Zugpferd dafür. Also, was ist es dann? Ist es möglicherweise die viel in der Öffentlichkeit diskutierte Machtsau und die krankhafte Besitzgeilheit, um einen anderen Menschen oder ein Kind uneingeschränkt zu beherrschen und zu unterwerfen? Möglicherweise ist das so. Ok, das wäre zwar leicht paranoid, aber – möglich!

Es finden sich genügend Beispiele in unserer Gesellschaft, in der feste Männerfreundschaften existieren, die nicht in einer Ehegemeinschaft enden wollen, sondern das mit einer Frau praktizieren. Das kann es also nicht sein – ganz sicher nicht! Soll es vielleicht der angeborene Fortpflanzungstrieb bei einem Mann sein? Na, da darf ja wohl gelacht werden. Im Gesäß eines Mannes wird man bestimmt keinen Nachwuchs zeugen können.

Sind schwule Männer oder meinetwegen nenne ich sie auch Halbmänner psychisch krank? Fehlen ihnen einfach eine Menge Ziegel auf dem Dach? Großen Einfluss hatte in dieser Begründung der deutsch-österreichische Psychiater und Rechtsmediziner *Richard von Krafft-Ebing*. Seine, durch Kriminalfälle und in der Psychiatrie gewonnenen Forschungen stellten Schwuchteln als erblich belastete Perverse dar, die für ihre angeborene Umkehrung des Sexualtriebes nicht verantwortlich seien und deshalb nicht in die Hände eines Strafrichters, sondern in die von Nervenärzten gehörten. Natürlich auch eine Überlegung die man vornehmen kann! Oder ist es eine andere Triebfeder, die Halbmänner veranlassen andere Halbmänner, Knaben und Kinder mit ihrem besten Stück zu vergewaltigen zu schänden und abartig zu missbrauchen. Von sexueller Lust, die sich im Mastdarm eines Mannes abspielen soll, kann ja nicht gesprochen werden – also wirklich nicht! Ist es möglicherweise ein krankhafter, gieriger Ehrgeiz alles besitzen, demütigen und unterwerfen zu wollen? Den Gedemütigten praktisch damit zwingen, sich zu ducken und zu Kreuze zu kriechen? Beispiele dafür gibt es in der Geschichte der Menschheit, besonders bei der Lebensweise von Gewaltherrschern und in der christlich katholischen Kirche genügend. Würde mich eigentlich mal interessieren, grübelt Bernd, was der himmlische Schöpfer von Himmel und Erde, so es ihn gäbe, dazu sagen würde?

Natürlich steht es in unserer parlamentarischen Demokratie jedem frei, mit wem er ins Bett schlüpft. Ob als Mann und Frau oder als Halbmann und Halbmann. Meinetwegen auch als Halbmann oder Mann mit einem Schaf oder einer Ziege und ähnlichen Sexverhältnissen mehr. Jeder soll nach seiner Fasson selig werden und in Freiheit sein Leben genießen dürfen. Oder gibt es dazu doch ein paar handfeste Fragezeichen?

Von J. Rousseau stammt der Satz - „Die Freiheit des Menschen liegt nicht darin, dass er tun kann was er will, sondern dass er nicht muß, was er nicht will.

Ist, um in Freiheit zu leben, alles möglich, und ist den Menschen alles erlaubt? Nicht alles was wir für angebracht halten, führt ja bekanntermaßen nicht unbedingt zum Guten. Frei handeln zu dürfen setzt doch erstmal eine freie Willensentscheidung voraus und das Wissen, dass die Grenzen der Freiheit durch die persönliche Verantwortung begrenzt wird. Nur daraus kann sich doch ein selbstbestimmtes Leben entwickeln, das ohne ein vernünftiges Handeln wohl auf der Strecke bleiben würde. Das aber kann nur gelingen, wenn der Mensch die äußeren gesellschaftlichen Zustände reflektiert, und mit seiner Vernunft zu objektiv, rationalen Entscheidungen gelangt, an denen er sein pragmatisches Handeln orientiert. Dazu gehört, neben dem Recht auf freie Entfaltung, auch die Konsequenz, scheitern zu können und die Folgen des Versagens auch tragen zu müssen und nicht auf von Gott gegebene Glaubensdoktrin abzuwälzen.

Damit das auch so bleibt, hat uns unser demokratisches Grundverständnis, das segensreiche Recht auf freie Meinungsäußerung per Gesetz eingeräumt. Was für ein großer Schritt nach vorn, um den die meisten Menschen dieser Welt hart und zum Teil blutig jeden Tag demonstrieren und kämpfen müssen. Damit uns das immer bewusst bleibt, schwebt die graue Eminenz mit Namen *Dekadenz* ständig über unseren Köpfen, um Einlass in unser Denkzentrum zu bekommen. Sie ist schlechthin der Niedergang und der moralische Zerfall eines Gemeinwesens. Die Geschichte unserer Erde kennt solche dekadenten Entwicklungen. Sie endeten stets in einem furchtbaren gesellschaftlichen Desaster.

Wo war ich gedanklich mit Klaus stehen geblieben, ach ja – die so genannten Halbmänner.

Man muss sich einmal vorstellen, was manche Halbmänner, möglicherweise nicht alle, beim Anblick einer wunderschönen, splitternackten Frau empfinden. Ekelgefühle, ja Ekelgefühle – unglaublich! Was geht da eigentlich im Kopf so eines Halbmannes vor? Wenn bei so einem Anblick in diesem Gehirn diesbezüglich überhaupt etwas vorgeht, was weiß man darüber schon.

Beim Anblick eines männlichen Gesäßes hingegen schwelgen solche Halbmänner, vermutlich auch nicht alle, in sexuellen Glücksgefühlen. Es gibt ja den einen oder anderen von der Art solcher Halbmänner, die es nur des lieben Geldes wegen mit anderen dieser Spezies treiben. Ok, das ist halt so.

Ist eine Schwuchtel, um die Begrifflichkeit aus dem Volksmund zu benutzen, allgemein formuliert eine Schwuchtel oder nicht? Mit den Worten am volkstümlichen Stammtisch argumentiert - schon! Natürlich ist der Ausdruck - Schwuchtel in der Öffentlichkeit eine meist saloppe und abwertende, als Schimpfwort verwendete Bezeichnung für Schwule oder einem sich weiblich benehmenden so genannten Halbmannes.

Selbstverständlich wollen wir nicht die Zeit des Kaiserreiches oder des Dritten Reiches bezüglich der Einstellung und des öffentlichen Verhaltens zu homosexuellen Männern schön reden. Wir wollen sie auch nicht wieder herbeireden und im Strafrecht verankern, Gott bewahre, beileibe nicht! Schon aus diesen Grund wurde neunzehnhundertneunundsechzig die Strafbarkeit männlicher Homosexualität abgeschafft und als Straftatbestand aus dem Strafgesetzbuch gelöscht.

Seit 2002 können Halbmänner, also Schwule, problemlos bei uns in Deutschland eine eingetragene Partnerschaft eingehen, die so genannte *Homo-Ehe*. Allerdings bleibt diese eine Ehe zweiter Klasse, na Gott sei Dank. Zum Beispiel wird in der Öffentlichkeit von dieser Spezies Halbmänner heftig kritisiert, dass sie das Ehegatten Splitting für sich selbst nicht anwenden dürfen „Entschuldige bitte, Bernd, dass ich dich in deinem Gedankenfluss kurz stoppen muss." „Ok, Klaus, was bedrückt dich bei dieser Thematik?" „Stell dir in diesen Zusammenhang zwei Freunde vor, die gemeinsam viele Jahre durch dick und dünn marschieren. Allerdings, und das muss ich an dieser Stelle sagen, noch nicht in festen weiblichen Händen vereint sind. Soweit so gut. Weil dem so ist, also diese enge Männerfreundschaft, beantragen sie beim zuständigen Finanzamt, dass sie im Splittingverfahren zukünftig veranlagt werden wollen. Klar – so einem Antrag folgt postwendend eine Ablehnung. Sollten sie sich hingegen, zusätzlich zur ihrer engen Männerfreundschaft, auch noch dem gemeinsamen Analverkehr hingeben, müsste das Splittingverfahren bei ihrer Steuererklärung möglicherweise genehmigt werden. Also bitte - an welcher Stelle darf da mal kräftig gelacht werden? Wenn man überhaupt über so ein abstruses Anliegen lachen soll.

Ich weiß nicht, diese Halbmänner müssen sich nicht wundern, wenn sie in der Öffentlichkeit nicht besonders ernst genommen werden. Das mit den fehlenden Ziegeln auf dem Dach habe ich ja bereits erklärt. „Ok, entschuldige bitte die Unterbrechung, aber das musste einfach mal raus aus mir. Lass dich nicht weiter aufhalten, Bernd." „Ok, Klaus, hätte auch von mir kommen können. Also weiter mit diesen Halbmännern.

Ich denke, Klaus, viele Menschen bei uns in Deutschland, wir zwei gehören ja auch dazu, können damit leben, dass es Menschen gibt, gleich aus welchen Gründen, sie ihr so genanntes Glück in Lebensbereichen suchen, die uns fremd und abstoßend vorkommen. Aber gut, so ist das in einer offenen Gesellschaft. Sie dürfen das. Wir als Menschen, die in Beziehungen leben wollen, so wie sie die Schöpfung vorgesehen hat, haben zu diesem andersartigen Verhalten eben eine bestimmte Meinung, die wir, Gott sei Dank, nach Artikel fünf Grundgesetz auch frei und ungestört äußern dürfen. Wie zum Beispiel - *mit einem Analritter dusche ich nicht* und ähnliche solcher Sprüche mehr. Wir lassen uns von diesen Halbmännern unsere Meinung nicht verbieten. Wenn wir schon hinnehmen, dass es Menschen gibt die sich abartig verhalten, sollte diese Spezies Halbmänner wenigstens so viel Verständnis aufbringen, dass wir als Menschen der heterogenen Lebensweise eine andere Meinung zu ihrem Verhalten vertreten. Ob ihnen das nun passt oder nicht.

In unserer heutigen Zeit in Deutschland ist es unvorstellbar, dass so genannte Halbmänner nur wegen ihres Sexualverhaltens hinter Gitter müssen. Das Verständnis, das diese Halbmänner bezüglich ihres abartigen Verhaltens in der deutschen Öffentlichkeit erreicht haben ist unverkennbar. Sie sollten gemeinsam die Kraft aufbringen dafür einmal *Danke* zu sagen. Es stände ihnen gut zu Gesicht. Nicht weil wir das hören wollen, sondern weil es nur wenige Länder auf unserer Erdoberfläche gibt, wo solche Halbmänner ihr abartiges Verhalten auch frei ausleben dürfen ohne dafür im Gefängnis zu landen oder mit dem Tod rechnen zu müssen.

„Ich meine, Klaus, dabei sollten wir es vorerst bewenden lassen. Wir wollen uns ja morgen auch noch über andere Themenkomplexe unterhalten. Für heute ist Schluss mit dem Thema Halbmänner. Wenn du mich fragen solltest was ich noch vorhabe? Leicht gesagt. Ich verschwinde im Bett. Also, Klaus, gute Nacht und bis morgen zum gemeinsamen Frühstück." „Ok, Bernd, ich werde mich noch eine Weile mit meinem vollen Weinglas beschäftigen und über die vielen Gedanken, die wir miteinander austauschten, nachdenken. Gute Nacht, Bernd – bis morgen."

Der Autor

Es kommt die Zeit, da rückt das 65. Lebensjahr in greifbare Nähe - endlich - denkt man erleichtert - in Pension. Soweit so gut! Es dauert nicht lang, und man feiert im Kreise der Familie den 66. Geburtstag und stellt dabei mit zunehmender Ungeduld fest, dass so ein Tag, mit seinen 24 Stunden, ziemlich lang sein kann.

Familie, Enkelkinder, Faulenzen, Reisen und gelegentliche botanische Experimente bei der Gartenarbeit reichen nicht mehr aus, um den Tag ein interessantes Gesicht zu geben - was tun? An dieser Frage kommt man nicht mehr vorbei, möchte man nicht den Rest seines Lebens auf der Couch und vorm Fernseher verdösen. Warum, so fragte ich mich, die vielen Gedanken und Ideen, die sich im Laufe eines Lebens gesammelt haben überdenken und - so möglich, schriftlich verarbeiten. Kaum sind solche Gedanken zu Ende gedacht, entwickelt sich dafür die notwendige Initiative - ein Literaturstudium muss her, denkt sich der Kopf, ohne an den Körper zu denken, der ist ja bereits 66 Jahre alt.

Diese drei Studienjahre waren es, die mir zeigten, dass das kreative

Schreiben kein dunkles Geheimnis bleiben muss, so man sich bemüht es zu lüften. Und noch etwas half mir sehr, das Schreiben ernsthaft anzupacken - das geistige in sich "Hineinhören" um mit dem Bewusstsein und seiner inneren Stimme Gespräche zu suchen. Viele meiner Bekannten und Leser fragen mich, wie machst du das, in so kurzer Zeit so viele Bücher zu schreiben? Ehrlich gesagt, ich kann mir diese scheinbar einfache Frage nicht mal selbst beantworten. Ich glaube, es ist meine innere Stimme, die ständig mit mir diskutieren möchte. Und so fließen die Gedanken, wie von Geisterhand gelenkt, schon fast von allein in die Tastatur meines Computers.

Meiner Frau, meinen Kindern und Enkelkindern habe ich viel zu verdanken. Sie geben mir die Kraft und die Ruhe um zu schreiben. Und das ist es, natürlich nicht nur, was meine Gedanken, mein Bewusstsein und mein Weltbild nachhaltig so wohltuend inhaltsreich beeinflusst.

Das, was ich schreibe ist möglicherweise nicht immer leicht zu verdauen, soll auch nicht so sein. Ich möchte auch nicht der "Besserwisser" sein, oder Derjenige, der alles richtig und wahrhaftig beurteilt. Beileibe nicht - wirklich nicht, ganz ernstlich!!! Wenn es mir in meinen Romanen mit seinen unterschiedlichen Themen und Inhalten gelänge, Nachdenklichkeit zu wecken, aus der sich möglicherweise Fragen entwickeln, wäre ich ein glücklicher Schreiberling und Autor.

Denn sie sind es doch, die helfen, dass wir uns weiter entwickeln können. Und wer will schon in seinem Leben auf der Stelle treten? Das glaube ich auch nicht!!!

Bücher mit Inhalten wie bei Noah Gordon, (der Medicus) und Jostein Gaarder (Sofies Welt) beflügeln meinen Geist.

Eigentlich bin ich ein typischer Zahlenmensch - beruflich geprägt, und liebe das Rationale - natürlich nicht nur! Was mich selbstverständlich nicht davon abhält, die Tiefen meiner Seele zu ergründen, das Glück und den Schmerz meines Herzens mit allen Fasern zu fühlen, und der sehr, sehr leisen Stimme des Bewusstseins, wenn die Zeit dafür da ist, zuzuhören.

www.dietmardressel.de

Mehr Informationen unter
BoD Verlag
www.bod.de

Die DDR in den siebziger Jahren. Viele führende Politiker leben in Saus und Braus. Die Stasi und der Polizeiapparat sorgen mit den dazu passenden Einrichtungen für Angst, Terror und Gewalt, schlimmer als die Inquisition im Mittelalter. Die Denunziation der Menschen untereinander blüht in allen Farben, die Masse des Volkes bedient sich hemmungslos am Volksvermögen und verweigert zunehmend die Arbeitsleistung. Die Wirtschaftsleistung und die Staatsfinanzen werden nur noch durch den Verkauf von Menschen, und durch die massive, wirtschaftliche und finanzielle Unterstützung der BRD aufrechterhalten und abgesichert.

Der Untergang dieses Systems in der DDR ist bereits erkennbar, und viele Bürger sind verzweifelt auf der Suche, einen Ausweg für sich selbst und ihre Familien zu finden.

Zwei junge Menschen lernen sich kennen, verlieben sich und wollen ihr gemeinsames Leben in einem Land verbringen, in dem sie frei von politischen Zwängen sind. Was die beiden auf diesem sehr gefährlichen Weg erleben und erleiden müssen, ist die Hölle und das Grauen an sich. Verwundet und schwer verletzt an Seele, Geist und Körper, erreichen sie nur mit großen Mühen ihr Ziel.

Das Buch verspricht viel hochgradige Spannung, in einer Atmosphäre voller Liebe, Schmerz, Leid und Hoffnung.

Der Roman - „Eine Sprengmine zwischen Aufbruch und Freiheit" ist der zweite Teil vom Roman - „Ein Riskanter Aufbruch".

Die Bundesrepublik Deutschland, inmitten Europas, erlebt seit vielen Jahren, wie andere Staaten in diesem Erdteil auch, Frieden, Wohlstand und die Freiheit der Gedanken. Was man vom anderen Teil Deutschlands - der DDR - nicht sagen kann. Direkt im Krieg ist sie nicht, aber das Land ist für seine Größe aufgerüstet und mental auf Krieg eingestimmt, schlimmer als eine Großmacht.

Noch bedauernswerter ist der Zustand der Bevölkerung. Es herrscht Mangel an allem was die Menschen brauchen, und die friedlich etwas ändern wollen, oder voller Verzweiflung das Land verlassen möchten, werden entweder unmenschlich eingesperrt, gefoltert und gequält, oder durch Selbstschussanlagen, Minenfelder und Salven aus Maschinenpistolen getötet, zerfetzt oder schwer verletzt und verstümmelt.

Wenn in diesem Buch nicht ab und zu Seiten zu lesen wären, die dem Leser ein wenig Entspannung ins Gesicht zaubern, würden sie die eigenen Tränen fast ersticken, und die Schmerzen die sie mitfühlen, an den Rand der Verzweiflung bringen.

Es fällt einem schwer, das alles beim Lesen zu ertragen, aber noch schwerer ist es, das Buch aus der Hand zu legen.

Deutschland zum Ende des achtzehnten Jahrhunderts.
Zwei erwachsene Menschen, ein noch junger Mönch, und ein in die Jahre gekommener Bader, erleben hautnah und zum Teil selbst in den Handlungen eingebunden, eine Zeit, in der es den Menschen sehr schlecht ging, und die Gelegenheit zum Lachen auf einem engen Raum begrenzte.
Durch Krieg, der menschenverachtenden Raffsucht des Adels, der Kirche mit ihren Gesetzen, die jeden neuen Ansatz zur Verbesserung der Lebenslage der Menschen, sowohl materiell als auch ideell im Keime erstickten, und mit so genannten Gottesurteilen, dem Scheiterhaufen und der Folter durch die Inquisition, wurde den einfachen Menschen, besonders von denen auf dem Land, das Leben unsäglich schwer gemacht.
Gott hat ja die Menschen nicht des Leidens und des Sterbens wegen geschaffen - ganz sicher nicht! Die Oberschicht des Landes sperrt sich vehement gegen jede Art von geistigem und materiellem Fortschritt, es sei denn, sie sind einzig und allein die Nutznießer dieser Veränderungen.
Das Buch verspricht viel Spannung, in einer Atmosphäre voller -
Schikanen, sadistischem Missbrauch des Glaubens, Angst vor Folter und Todesqualen, Liebe, selbstloser Hilfe, unerträglicher Schmerzen, körperlichen Leides und zaghafter Hoffnung auf Besserung.

Deutschland am Anfang des neunzehnten Jahrhunderts. „Der Medicus und die Nonne" ist eine frei erfundene Geschichte, und eine Fortsetzung des Romans - „Der Mönch und der Bader".

Der Roman ist ein Werk der Phantasie, und nicht ein Ausschnitt aus der wirklichen Geschichte. Von den erwähnten Personen lebten nur: Napoleon, der Herzog von Braunschweig. Marshall Davout, Graf Montgelas, Friedrich der Dritte - die Generäle: Hohenlohe, Rüchel und Kalckreuth. Friedrich von Schiller und Wolfgang Johann von Goethe.

Alle anderen Namen sind frei erfunden, und rein zufällig gewählt.

Vieles von der Atmosphäre der Kriegsereignisse um 1806 ist verloren gegangen. Wo keine glaubhaften Aufzeichnungen vorhanden waren, habe ich meine Phantasie zu Rate gezogen.

Nikolas, der Mönch, erschüttert von dem kriegsbedingten, furchtbaren Leid der Menschen, kann dem Kloster nicht mehr dienen, versucht sein Glück im weltlichen Leben zu finden und trifft Hilde. Katarina, am Ende ihrer Kraft, sucht ihr Heil im Kloster, und hat den Wunsch Nonne zu werden.

Zusammen mit Ferdinand, dem Medicus, erfährt sie das tiefe Glück der Liebe.

Das Schicksal will es so, dass sie eine andere Aufgabe erfüllen soll, die sie in Lynhart suchen muss.

In diesem Roman lesen sie etwas über die Schöpfung, oder Gott, wie manche auch dazu sagen. Wie entstand sie, und wo existiert sie? Unser Universum - ist es endlich? Was hat es mit den „guten" und mit den „bösen" Seelen auf sich? Gibt es dafür jeweils ein Universum? Und wenn ja, was erleben sie dort? Oder ist das alles nur eine Illusion, und wir liegen nach unserem Tod vier Meter tief in der Erde, und sind ein Festmahl für die Würmer? Nur – was ist, wenn wir wirklich als geistige Wesen in einem anderen Universum weiter leben? Was ist nach dem Urknall passiert? Venus, ein kleiner Planet am Rande einer Galaxis, entwickelt sich gut, was man von seinen denkenden Zweibeinern nicht sagen kann. Sie raffen, was sie raffen können, sind neidisch bis zum abwinken, und bringen sich mit dem Feuer der Sonne, grausam gegenseitig um. Am Ende gelingt es einer kleinen Gruppe von ihnen auf der Erde zu landen, die noch in den Anfängen einer ganz einfachen menschlichen Entwicklung steckt. Was werden die wenigen klugen Venusianer mit ihrem Wissen unternehmen? Wollen sie den Erdbewohnern dabei helfen, sich friedlich zu entwickeln, oder wird die Abschlachterei von neuem beginnen? Lesen sie das im II. Teil der Trilogie - „Der Zweck unseres Lebens". Dem Autor gelingt es, trotz der schwierigen Thematik, glaubhaft und spannend eine fantastische Geschichte zu erzählen. Es werden möglicherweise auch viele neue Fragen auftreten, was der Autor so sicherlich auch beabsichtigt hat.

Eine Kleinstadt am Fuße des Bayerischen Waldes ist der Ausgangspunkt für eine ungewöhnliche Begegnung mit "ES", einem Geistwesen aus dem Universum von Cosyma. Als geistiges Bewusstsein, dessen Körper auf der Erde verweilen muss, erfährt Helmut, ein Erdenmensch, wie es ihm gelingen wird, die geistige Energie in sich zu bündeln, um den richtigen Weg nach seinem körperlichen Tod zu finden. Jasmin, seine verstorbene Tochter, die er auf der Venus trifft, erzählt ihm ihre schrecklichen Erlebnisse.

Mit einem weiteren Bewusstsein aus einem Kloster vom Gebiet des Himalaja und „ES" dem Geistwesen, unterhalten sie sich über die Geschichte von Religionen. Wie und wann entstanden sie? Wer sind ihre Initiatoren gewesen, und welche Ziele verfolgten sie.

Was geschah mit der kleinen Gruppe von Venusianern, die auf der Erde landeten? Wie haben sie die Geschicke der Erde beeinflusst und was wurde aus ihnen. Warum sind wir hier, und wie finden wir den Weg in eine andere Welt? Was wird uns dort erwarten, wenn wir ankommen? Lesen sie das in Teil III der Trilogie - „Unser Weg zur Ewigkeit".